NARRATORI MODERNI

ALESSANDRA APPIANO

IL CERCHIO DEGLI AMORI SOSPESI

Garzanti

Prima edizione: febbraio 2010

Visita www.InfiniteStorie.it
Il grande portale del romanzo

ISBN 978-88-11-68166-3

Printed in Italy

www.garzantilibri.it

IL CERCHIO DEGLI AMORI SOSPESI

8-3-12

G.S.

I personaggi e le situazioni raccontate in questo romanzo sono frutto di fantasia.

Alla mia famiglia e a tutte le altre

Rimane il fatto che, in ogni modo, capire bene la gente non è vivere. Vivere è capirla male, capirla male e male e poi male e, dopo un attento riesame, ancora male. Ecco come sappiamo di essere vivi: sbagliando.

Philip Roth, *Pastorale americana*

PARTE PRIMA
LO STRAORDINARIO MONDO DELLA CARTA VENTUNO

CARTA 21
IL MONDO

Fortuna maggiore, successo totale, compimento ideale completo.

Intervento decisivo. Universo coordinato, totalità, reintegrazione. Perfezione. Sovrana potenza spirituale. Apoteosi. Ricompensa. Riuscita assoluta. Coronamento dell'opera intrapresa. Circostanze favorevoli, ambiente propizio. Assorbimento contemplativo. Estasi.

La costruzione dei tarocchi in ternari e settenari assegna al numero 21 un valore di sintesi suprema: corrisponde al complesso di ciò che è manifesto, quindi al mondo, risultato di un'azione creatrice permanente.

La realtà non si limita a ciò che i nostri sensi percepiscono. Il mondo è una danza perpetua in cui nulla si ferma: tutto gira incessantemente, perché il movimento è il generatore delle cose. Da questo movimento deriva la vita.

Venezia, con l'acqua alta

Avere una scusa per non uscire di casa è un favore che la sorte elargisce ai lunatici e ai depressi: l'umor nero richiede un terreno circoscritto per poter scandagliare le infinite gradazioni delle sue domande inquietanti. L'acqua alta, e il panorama che si scorgeva dalle finestre della sua mansarda al numero 312 di Cannaregio, alle Fondamenta dei Cappuccini, erano soltanto due tra i tanti motivi che le avevano fatto eleggere Venezia a patria adottiva. Sofia non avrebbe saputo vivere in un'altra città, in nessuna altra parte del mondo si sentiva così a suo agio dentro la tristezza.

La struggente bellezza che si respirava in ogni angolo e in ogni anfratto rendeva palese, e quindi meno tragica, ogni débâcle esistenziale e caratteriale. In quel paradiso storico e naturale tutti i complessi di colpa e di inferiorità svanivano come per incanto. Persino sua madre, l'odiata e troppo avvenente Chiara Benatti in Amendola, rimaneva quello che era: una povera diavola che stava invecchiando, e che da rudere fisico non si sarebbe mai trasformata in patrimonio artistico dell'umanità. Anche se, bisognava concederglielo, il probabile successo di *Diario straordinario* l'avrebbe candidata al ruolo di eroina. Grottesca e ridicola quanto si vuole, ma protagonista dalla prima all'ultima pagina.

Si sa, le bellissime trovano sempre la maniera di stare al centro della scena, anche se non sanno fare nulla, né recitare né pensare; mentre le insignificanti (o meglio le racchie) come lei, Sofia, debbono rimboccarsi le maniche per rendersi interessanti. Magari scrivendo un libro perfido, tracimante di rabbia e di rancore espressi benissimo.

La mattinata era stata intensa: dapprima la telefonata di Carlino Agresti, che si dichiarava assai soddisfatto dell'accoglienza al romanzo e che annunciava una seconda edizione; poi quella del capo ufficio stampa, che si proclamava addirittura entusiasta, con i toni enfatici di chi ambirebbe attribuirsi meriti non suoi; poi ancora quella di un'ambiziosa giornalista freelance di una testata minore che voleva prenotarsi per un excursus apocalittico sulle cattive madri del passato, da Agrippina a Joan Crawford. Sofia avrebbe potuto rallegrarsi, ma un'ansia crescente la stava invadendo, come l'acqua dei canali invadeva le calli fino a raggiungere l'ingresso dei palazzi nobiliari, fino a inondare i magazzini e le chiese.

Sentiva fortissima la pressione attorno a sé, e per qualche via oscura dell'inconscio presagiva il trionfo ma anche il flagello. Era giovane e mai avrebbe rinunciato in partenza a realizzarsi, a riscattarsi dalla condizione di animale spelacchiato cresciuto in uno zoo familiare di splendidi esemplari, alla propria riscossa personale contro chi l'aveva umiliata e ferita... Ma l'ultima telefonata, quella di Roberta Magni, l'addetta agli inviti TV, nonché amichetta – nemmeno troppo sottobanco – di Carlino Agresti, l'aveva messa KO.

«Sei pronta a partire Sofia? Ho una notizia fantastica!»

«Dimmi, sono qui...»

Sofia si era messa seduta sul divano verde acqua che le aveva lasciato in dotazione il precedente inquilino: da quella comoda postazione, con inclusa anche la vista sui tetti del Ghetto ebraico, poteva sopportare meglio la sicumera di una raccomandata DOC.

«Vogliono te, proprio te per una puntata di *Io contro tutti*! Non ci posso ancora credere, ti avevo proposto un mese fa e non mi avevano fatto più sapere nulla... Ormai la consideravo una partita chiusa, e invece...» Come previsto, la voce di Roberta era fastidiosamente squillante, con modulazione esagitata e l'implicita richiesta di una serie di complimenti che si sarebbe poi fatta da sola, in mancanza di meglio.

«...Invece?»

«Oggi mi ha chiamato Filippo Gregoretti, il capo autori del programma, e mi ha chiesto se saresti disponibile per una puntata in diretta, la settimana prossima... Ti rendi conto?»

«Ma lì non ci va la gente già famosa?» aveva ribattuto Sofia, diffidente.

«Tu lo diventerai, famosa, dopo questa puntata... Te lo assicuro, ci puoi scommettere, anzi ci puoi giurare. Ho fatto... abbiamo fatto un colpo pazzesco, roba da triplicare le vendite!»

«Scusa la perplessità: per quale motivo dovrebbero riservare proprio a me questa gentilezza inaudita?» Sofia si era alzata in piedi e camminava nervosa per la stanza. Niente la rassicurava: né la solida libreria di mogano stipata all'inverosimile dei suoi amati libri, né le luminose vetrate che le avevano fatto scegliere proprio quella mansarda, né le buffe foto con Stefano, loro due ridenti e scottati, immortalati nell'ultima vacanza in Grecia.

«Hanno cambiato la linea della trasmissione: hanno deciso di lasciar fuori il solito e inflazionato vippume, e di mandare avanti i temi forti, da pugno nello stomaco.

Trovare una figlia che è disposta a dire in pubblico che odia la madre, e con la tua *vis polemica*, con il tuo gergo colorito...» Ora Roberta si era fermata, preoccupata di avere pigiato troppo sull'acceleratore.

«Chi ti dice che sono disposta a farlo? Un conto è scriverlo, con le parole giuste, e con un personaggio di fantasia, un conto è...» Mentre formulava la domanda, Sofia aveva preso a stuzzicarsi nervosamente i capelli, uno dei suoi gesti automatici per esprimere dubbi o per scacciare brutti pensieri.

«Alt, Sofia! Non raccontiamoci balle... Tua madre è completamente riconoscibile in *Diario straordinario*, e il romanzo è partito bene anche per questo. Guarda caso, è il più venduto nelle librerie di Torino.»

«D'accordo, ma c'è una piccola differenza tra immaginare che sia lei e proclamarlo ai quattro venti, davanti a milioni di persone.»

«Sulla questione se andare o meno al programma non si discute nemmeno. Questa è un'occasione che non possiamo perdere.»

«È inutile che parli al plurale, se hai già deciso tutto da sola.»

«Da sola non direi, dal momento che il tuo editore, Carlino Agresti, dà per scontato che ci andrai, e di corsa.»

Ecco cosa mancava: l'inequivocabile accenno al potere.

«Stiamo passando dai toni suadenti a quelli sottilmente ricattatori, o sbaglio? A quanto pare sono la vittima designata di una cospirazione ad alti livelli. Sono onorata, davvero...»

«Brava! Mantieni intatto il tuo spirito sarcastico, ti servirà moltissimo, da adesso in avanti. E poi ascoltami bene, Sofia: stiamo facendo un lavoro di squadra, non esiste nessun successo clamoroso senza appoggi... cioè senza collaborazione...» Roberta Magni aveva avuto un piccolo cedimento, un accenno di lapsus – subito rientrato – da coda di paglia.

«Me ne sto rendendo perfettamente conto.»

«Tu ti devi render perfettamente conto di una cosa soltanto: se la tua partecipazione a *Io contro tutti* va come prevediamo, il tuo libro volerà in classifica e non si fermerà più.»

Sofia si era piazzata nel mezzo della stanza quadrata, stava immobile e teneva i piedi ben piantati a terra, come per fissare meglio le gratificanti ipotesi del futuro. «Non ne dubito: la gente adora adeguarsi, scegliere quello che è già stato scelto, anche se è pessimo.»

«Sto finalmente ritrovando la mia Sofia.»

«Mai andata persa... Però, potresti almeno dirmi che cosa gli hai raccontato per convincerli? So scrivere, e me la cavo a parlare e a rilasciare interviste, ma non sono mai andata in TV... e non ho certo una faccia che "buca il video", per usare la terminologia della mia cara sorellina minore.»

«Meglio, sarai ancora più forte e incisiva. Basta che sfoggi la tua solita grinta, e farai centro.»

«Magari sarò impallinata io, e proprio al centro. Ma non hai risposto alla mia domanda...»

«Ah sì, gli ho detto che saprai tenere testa alla folla di giornalisti e di opinionisti che ti darà addosso. Che le sfide difficili ti galvanizzano.»

«Addirittura.»

«E che più ti porranno domande imbarazzanti più sarai motivata a rispondere a tono, sfidando gli ipocriti e i moralisti.»

«Praticamente mi state buttando nella fossa dei leoni. Cosa mi può succedere, in fondo? Al massimo mi sbranano.» Sofia aveva cercato di ridere alla sua battuta, ma non ci era riuscita. Si era avvicinata alla scrivania e si era messa a spostare con zelo eccessivo dattiloscritti, bloc notes e fogli di appunti.

«La parte dell'agnello non ti si addice, mi sembra che tu abbia concordato con l'editor di mantenere una linea tosta. Dai nomi ai luoghi, ogni cosa è svelata, e anche con dovizia di particolari...»

Sofia si era zittita per qualche secondo. L'evidenza della verità talvolta è spiazzante. Ma si era subito ripresa, mica poteva darla vinta a una Roberta Magni qualsiasi.

«...Allora mettiamola così: per il loro programma e per l'audience funziono comunque. Se fallisco sono il capro espiatorio della mia goffaggine, se trionfo sancisco la lungimiranza degli autori, abili talent scout di personaggi popolari...»

«No, cara, mi spiace: i meccanismi della TV li conosco meglio io. Tu farai bingo in ogni caso, perché il tema è durissimo, dividerai il pubblico tra chi ti odia e chi ti ama, tra chi difenderà la povera madre e chi adorerà la figlia ribelle.»

«Un risultato straordinario a prescindere dalla straordinarietà della prestazione, insomma.»

«Sì, ma non sprecare la tua ironia con me. Di te e del tuo *Diario straordinario* parleranno tutti, anche quei giornali che fingono di schifare la TV, anche quei critici che stroncandoti ti serviranno il successo dalla porta sul retro.»

«Messa in questi termini... chi potrebbe rifiutare? E quando sarebbe l'ordalia?»

«Salvo inconvenienti dell'ultima ora, la diretta è fissata per il giorno ventuno.»

«Hai detto il giorno ventuno? Sei sicura, Roberta?»

«Sì, perché?»

«Se avessi letto o almeno annusato il mio romanzo, e se non fossi solo la portavoce del tuo capo, sapresti che il numero ventuno ricorre di continuo, e per motivi "superiori".»

Per la prima volta Roberta Magni era rimasta proprio senza parole. Un sorriso malizioso (tendente al trionfale) aveva colorato l'espressione di Sofia.

«Non ti scervellare. Accetto. Al destino bisogna arrendersi, nel bene e nel male. E se è un destino straordinario, tanto meglio.»

Torino, una sera davanti alla TV

Per fortuna anche questa giornata volgeva al termine. Camilla e Matteo dormivano beati nelle loro stanzette al secondo piano, quello meglio riscaldato di Casa Azzurra; il professor Dagassi, esaurita la sua logorrea, si era infine accomiatato pregandola di svegliarlo alle sette in punto; la signorina Mazzi si era prenotata per la cena del sabato sera con un gruppo di amiche zitelle; la moglie di Paco l'aveva aiutata a rassettare la cucina, caricare la megalavastoviglie e preparare i tavoli della colazione. Claudio era ancora nello studio a correggere i temi degli studenti, o forse stava già sonnecchiando, il capo inclinato, gli occhiali appesi alla catenella che penzolavano sul maglione pesante e un po' logoro.

Ridendo e scherzando, era quasi arrivata la mezzanotte: Benedetta era stanca morta ma si sentiva in pace, soddisfatta dallo scorrere di tanta vita nella vecchia villa di famiglia trasformata in bed & breakfast, e ancor più del proprio ruolo di moglie, madre e lavoratrice dai doppi e tripli turni, paga di essere, se non proprio indispensabile, almeno utile agli altri e a sé stessa. Soltanto una cosa la preoccupava, e tanto, anche se portava un titolo beneaugurante: si chiamava *Diario straordinario* ed era un oggetto contundente, lasciato sul comodino a prendere la polvere da settimane.

Se Benedetta fosse stata un'adepta della psicoanalisi nebulizzata (quella che i settimanali femminili spruzzano ovunque) avrebbe pensato che il suo inconscio si rifiutava di affrontare quel testo, ma lei si fidava soprattutto delle reazioni di suo marito. Che aveva comperato e letto il romanzo di Sofia, ma che non l'aveva mai commentato: e poiché Claudio parlava per confortarla e taceva per non peggiorare le situazioni a rischio, il suo parere era fin troppo chiaro.

Ma ora basta, c'è sempre tempo per ammorbarsi l'esistenza con amare constatazioni. Le spettavano i suoi quindici minuti di ricreazione, con uno zapping distratto tra i vari programmi, una ginnastica a prova di scemo, che si poteva eseguire stando comodamente spaparanzata sul divano. Nessuna ulteriore richiesta da esaudire, nessun ulteriore rompiscatole da accontentare. In merito alla perfidia di Sofia, e all'inevitabile strazio di sua madre, si sarebbe angustiata domani. O dopodomani. Un tasto da premere, ed ecco che arrivava la soluzione per svagarsi in maniera facile ed economica.

Mamma mia: la solita Aura Costanza. Possibile che in TV non fosse prevista un'altra «opinionista» femmina? Possibile che in rappresentanza delle donne ci fosse sempre quella soubrette fané e presuntuosa che dichiarava immancabilmente di sentirsi «dentro» quindici anni? Come convinci una figlia a studiare la filosofia critica di Kant quando le lezioni di vita vengono impartite da certi soggetti da sbarco?

Però bisognava riconoscerle un merito: era talmente antipatica e supponente che rimanevi inchiodato lì a guardarla, e a criticarla. Per la gioia degli autori del programma e dell'audience. Eccola, con la sua boccuccia prominente e un po' bitorzoluta per sovrabbondanza di silicone, intenta a proferire perle di ovvietà.

«Non le sembra una provocazione eccessiva dire che bisognerebbe nascere orfani?»

Santo cielo. Quella ragazza agli antipodi del look imperante negli studi televisivi, senza un filo di trucco, capelli asciugati alla speraindio, abbigliamento oltre il casual (pantaloni stinti e maglione di due o tre taglie in più) aveva qualcosa di assai familiare. Stava seduta comoda, i piedi calzati dai logori anfibi ben piantati sul pavimento dello studio, come per fissare la sua ostinazione, la sua voglia di andare in fondo alle cose, anche a costo di smarrire sé stessa. Sì, purtroppo: quello che Benedetta paventava da mesi si era materializzato adesso, e in diretta TV.

«Più che eccessiva, è una provocazione riciclata. Non sono la sola a sostenere che la famiglia è la peggiore iattura possibile. La peggiore congerie di rancore pronta a esplodere alla prima occasione, ai primi disaccordi.»

«Quando diventerà madre la penserà molto diversamente. Scommettiamo?»

«Forse in TV siete abituati a scommettere su ogni cosa. A me invece le scommesse non piacciono, perché la fortuna è cieca, e dispensa i suoi favori a casaccio. Comunque io non diventerò madre, è l'unica scelta ideologica che mi sento di sposare. Lei perde in partenza, con me.»

Aura Costanza pareva leggermente interdetta. E irritata. Essere apostrofata così da una ragazzotta sconosciuta doveva apparirle inammissibile. Gonfiando il petto esibito con rara generosità partì all'attacco, pronta a mangiarsi a bocconi la sua preda. «Ideologica? Un'espressione squisitamente politica per una scelta così personale? Non crede di essere un attimino presuntuosa?»

«Io sarò anche "un attimino" presuntuosa ma lei è "un attimino" patetica: non si è nemmeno presentata, convinta che tutti la debbano conoscere. E per il ruolo da filosofa dell'ultima ora dovrebbe cambiare "un attimino" immagine, perché, come senz'altro saprà, l'abito fa il monaco. O, se preferisce, la trasparenza (della camicetta, ma anche del pensiero) fa la starlette.»

Sofia aveva accavallato le gambe, mollando la presa degli anfibi da terra. Segno che stava iniziando a rilassarsi. Un mezzo sorriso dispettoso era comparso sulle sue labbra. Gli occhi cerulei scintillavano di intelligenza consapevole.

«Ma chi ti credi di essere, pischella? Chi ti hai mai visto? Chi ti si fila?»

«Mi dia del lei, per favore. Non sono stata io a provocarla per prima... In un mondo dove si giustificano le peggiori porcate in nome del bene dei figli, smettere di procreare è proprio una scelta ideologica, che le piaccia o no. Abolire il progetto di un futuro di felicità, a partire da un presente di rinuncia, è una scelta di grande altruismo.»

«Dissento totalmente: io ho smesso di pensare in prima persona da quando è nata la mia Chantal. E mi sento una donna migliore, in ogni senso.»

«Sta usando la sua bambina per parlare di sé stessa. Tipico. E lo lasci giudicare agli altri, se è diventata migliore.»

A quel punto il conduttore aveva capito che il round era stato vinto da Sofia. Arrigo Costa era un fuoriclasse della rissa gestita, della tensione ad alto voltaggio. Meglio passare la palla a una giornalista, una dei tanti «addetti ai lavori» che alzavano la mano impazienti di avere la parola, di conquistarsi quei cinque minuti di celebrità che non si negano più a nessuno.

«Sono Carla Sposini del "Messaggero". Mi spiega perché è così arrabbiata con chi l'ha messa al mondo?»

«Non ho chiesto io di venire al mondo. Perché non la

piantiamo di infliggere le "gioie dell'esistenza" a chi non le desidera affatto?»

«La madre di *Diario straordinario* è bellissima, e tutti si innamorano di lei. Quanto c'è di autobiografico nel suo sentirsi, diciamo... poco all'altezza?»

La falsa cordialità della giornalista aveva indisposto Sofia: aveva rificcato i piedi sul pavimento, chinato un po' il capo, messo le mani sulle ginocchia, come un portiere pronto a parare i tiri peggiori. «Dica pure nel mio sentirmi brutta. Tutto e niente, come sempre quando si tratta di un romanzo. Però se sei una donna bellissima, e molto egocentrica, e molto viziata, forse faresti meglio a interrogarti e chiederti se è giusto far nascere una povera creatura che ti dovrà sopportare "fin che morte non vi separi", nelle innumerevoli sfumature dei tuoi vezzi esasperanti.»

«Un filino complessata?»

«No, semplicemente una racchia consapevole. Non creda a chi le dice che lei è affascinante, signora, con quegli occhialini da grillo saggio e con quella palandrana da *maître à penser*. Può intabarrarsi finché vuole ma, se si guarda bene allo specchio, si potrà raccontare, magari sottovoce, la triste verità. Le belle sono altre, e infatti si possono permettere di starnazzare in ogni pertugio del globo mediatico. Abbiamo avuto un esempio poco fa...»

Dio mio. Se quella ragazza non fosse stata sua sorella, ovvero la dinamitarda che stava per far esplodere con il suo *Diario straordinario* l'intera famiglia, Benedetta l'avrebbe trovata simpaticissima. Esilarante. E il giorno dopo sarebbe corsa a comperare il suo romanzo. Dove trovarla, un'altra in grado di cantarle chiare – e in diretta – a una soubrette appassita, ma potente e arrogante, come Aura Costanza? Un'altra che avesse il coraggio di mettere l'etichetta esatta (intellettuali asfittiche e frustrate) a certi indisponenti stereotipi femminili?

Eppure quella furia della natura era proprio Sofia, che armata fino ai denti di frecce velenose avrebbe vinto la sua guerra contro tutto e tutti.

Londra, a una festa di studenti

Intorno, il frastuono era così assordante da risultare insopportabile. La densa cortina di fumo le faceva lacrimare gli occhi e squagliare il trucco fosforescente. Se non fosse stata, tanto per cambiare, al centro dell'attenzione generale, Emma avrebbe ammesso che quella non era una festa goliardica ma un deliberato attentato ai timpani, ai polmoni, al look e al buon senso. Nel minuscolo appartamento londinese era stipata una quantità assurda di ragazzi e ragazze, una moltitudine di etnie e di acconciature bislacche con un'unica missione: attentare alla salute propria e altrui nella peggiore gazzarra al decibel selvaggio, in un crescendo di micidiali cocktail esotici e di devastanti misture psichedeliche.

Del resto senza spreco non c'è giovinezza. E infatti Emma adorava sprecare tempo, risorse, energie, soldi, amore, talento, dissipandosi nei mille rivoli della sua creatività imprecisabile. Le piaceva conquistare tutti, compresi i gay con chihuahua nello zainetto, ballare fino al mattino, ingozzarsi di schifezze, seguire le lezioni e le mode più improbabili, perdersi nella folla variopinta di una metropoli che dava incalcolabili punti a Milano e a Roma (Torino era proprio fuori gara).

«Emma, finalmente ti ho trovato! Dove ti eri cacciata? Fatti un po' vedere... Sei uno schianto! Ma la gonna l'hai lasciata a casa?»

Fabrizio si era reso conto di averla guardata con ammirazione estasiata e si affrettò a recuperare un dignitoso distacco, mimando una serie di espressioni buffe. Che risultavano spassosissime su quel viso pieno di lentiggini e di «contraddizioni anagrafiche», come le chiamava lui, per scherzare sulla sua aria da bambino con basette e pizzetto.

«Be', l'ho pagata solo due sterline. Hanno dovuto risparmiare sulla stoffa.»

Emma passò la mano sul raso della gonna, visibilmente soddisfatta dell'affare. Poi inscenò una minisfilata nell'unico tratto rimasto libero del corridoio, con tanto di giravolta finale. A ricevere (e pretendere) applausi era abituata da sempre.

«Vabbé, tu mi vuoi vedere stramazzato al suolo! Pure le mutandine in nuance... Meglio darsi al fumo... Vuoi un tiro?»

«No grazie, Fabri... mi sento già abbastanza fatta.»

«A chi lo dici! Ma la roba di Hema è uno sballo... e del doman non v'è certezza...»

«Giusto. La droga ti rende perspicace.»

«No, la realtà. Magari il prossimo mese i miei mi tagliano i viveri. A proposito, tu come sei messa a finanze?»

Prima di rispondere Emma lo prese sottobraccio e lo trascinò in cucina. Si avvicinò al lavello rigurgitante di piatti sporchi, pentole incrostate e avanzi galleggianti, nel tentativo di bere un po' d'acqua fresca.

«Che schifo, lo vedesse Chiara! Lei vorrebbe che il mio tenore di vita fosse quello di una principessa...»

«Però...»

«È una mamma sui generis, diseducativa al massimo:

per lei non posseggo mai abbastanza e non mi diverto mai abbastanza...»

«Accipicchia.»

«Così mi foraggia con un entusiasmo appassionato.»

«Beata te... quando me la fai conoscere, questa genitrice mitica?»

«Non ci penso nemmeno; Chiara dà il meglio di sé soltanto con la sua figlioletta minore... cioè con me.»

«Secondo il mio modesto parere ti ha viziata da schifo.»

«Vero.»

«È bella come te?»

Fabrizio aveva disegnato nell'aria una silhouette da pin-up, ed Emma si era messa a ridere approvando in pieno quel complimento animato.

«Più bella.»

«Urca.»

«Guarda che non scherzo. È meglio di una diva del cinema.»

«Allora la devo conoscere assolutamente. Posso presentarmi come fidanzato in carica o mi metto un turbante da chauffeur indiano?»

Mentre Fabrizio imitava un'idea di autista esotico, Emma si era appoggiata al frigorifero, in posa plastica. Ma l'ambiente bisunto allontanava ogni tentativo estetico e ogni ipotesi romantica.

«Invece di sparare cazzate, ti va di uscire cinque minuti? Se non prendo una boccata d'ossigeno, muoio. Qui si soffoca. E c'è un tanfo allucinante...»

«Sì, buona idea. E continua ad arrivare gente: ma quante persone avrà invitato Rumi?»

«Non lo so, e non me ne frega nemmeno un po'.»

«Prima che me ne scordi: sei per caso parente di una certa Sofia Amendola?»

«Sì, certo. Si dà il caso che sia mia sorella. Perché?»

«Perché Marco, mio cugino, sta facendo uno stage da autore TV a Mediaset, e abbiamo parlato questo pomeriggio al telefono, a spese di Silvio. Mi ha raccontato di una puntata con un ascolto incredibile, di un programma che lui segue, che si chiama *Io contro tutti*...»

«E cosa c'entra mia sorella?» La voce di Emma si era incrinata, la posa plastica era divenuta scomposta, la schiena si era incurvata, come schiacciata da un peso imprevisto.

«Questa Sofia Amendola, cioè... tua sorella, era la protagonista della trasmissione e ha dato del filo da torcere a giornalisti, opinionisti e persino ad Aura Costanza. Pare che sia stata fortissima, a Marco è piaciuta un casino... è subito corso a comperare il suo libro, ma non l'ha trovato perché è andato esaurito.»

«Fammi capire: di quale libro stai parlando?»

«Del suo romanzo d'esordio...»

«Scusa, ti ricordi per caso il titolo?»

«Mi pare *Diario straordinario*... sì, proprio *Diario straordinario*. Suona bene, non trovi?»

Un colpo allo stomaco, una fitta di nausea. Uno scoppio in testa, il cervello quasi in panne. Il fiato che si spezza e annaspa.

«Emma stai bene? Ho detto qualcosa che non va?...»

«No, perdonami. Tranquillo, sto benissimo. È che... mia sorella è una tipa tosta, mia madre è una tipa svagata, e io sono una tipa superficiale. In mezzo, col cerino in mano, ci rimane Benedetta, come sempre... Come farà a gestire 'sto delirio?»

«Emmi, straparli. Sei sicura di non aver esagerato col fumo?»

«Forse. Può darsi. Anzi sì, sicuramente. Il fumo. Dai, usciamo. Non ne posso più. Ho voglia di fare due passi.»

Al solito, la sua proposta si era trasformata in desiderio esaudito. E adesso Emma era in strada, in silenzio, a mettere nei polmoni un po' d'aria senza nicotina, avvolta nel cappotto blu del suo ragazzo, illuminata dalla luce di quella via piena di bazar, ristoranti cinesi e locali di tendenza. Si era fermata sotto l'insegna dell'Happy Lion, un pub in voga fino a metà degli anni Novanta, ma che ora, all'inizio del nuovo millennio, stava perdendo parecchi colpi. Proprio come lei, Emma, che cercava di respirare piano, con calma, per tornare a essere quello che era fino a qualche istante prima: felice e spensierata, proprio come avrebbe voluto Chiara.

In fondo, bastava un tocco di leggera inconsapevolezza, fingere di non sapere nulla, smettere di arrovellarsi, per il bene di sé stessa e di sua madre. Per la pace di Benedetta e anche di Sofia, che se aveva scritto quello che Emma immaginava, ne aveva, oh se ne aveva, di gatte da pelare. E comunque l'atmosfera era elettrica, come il desiderio che sentiva vibrare a fior di pelle e in ogni battito del cuore di Fabrizio.

A *Diario straordinario* Emma avrebbe pensato domani. O forse dopodomani. O forse mai più.

Milano, via Giacomo Venezian, al numero 1

«Paco, ecco, ferma qui... sono arrivata. Tu porta Randi a fare una passeggiatina nel parco, è stato fin troppo buono, due ore e passa in macchina, e senza un accenno di pipì. Dopo la visita lo premiamo e gli diamo un extra di pappa... Quando ho finito ti faccio uno squillo. D'accordo?»

«Va bene dottoressa.»

«Paco, quante volte te lo devo ripetere che non sono dottoressa? Magari avessi studiato, magari mi fossi laureata... E sarebbe ora che ci dessimo del tu. Ormai sei di famiglia, non so nemmeno da quanti anni ti conosco...»

«Quasi venti, dotto... signora.»

«Per oggi rinuncio al tu e a tutto il resto, ma vedi di non chiamare dottore anche Randi, per favore, non vorrei che si montasse la testa... Ah... già che ci sei, Paco, ti ricordi di comperare un po' di frutta e di verdura per stasera? Mi sa che in frigo non c'è niente.»

«Non c'è mai niente, nel frigo... Lei mangia troppo poco, e si preoccupa solo della pappa di Randi, signora.»

«Ma domani sono invitata da Benedetta, e cucina tua moglie. Per cui ingurgiterò calorie per una settimana... Ora scappo, si sta facendo tardi. Il dottore mi aspetta. Mi raccomando, Paco, metti il guinzaglio a Randi, qui rischiamo di perderlo...»

Paco le sorrise dolcemente, e accostò la Golf bianca (che ormai era diventata di sua proprietà, a lei non interessava più guidare, né tanto meno possedere una macchina) vicino all'ingresso dell'istituto.

Forse Chiara aveva prolungato la conversazione con il suo tuttofare filippino (autista, dogsitter, vivandiere, collaboratore domestico) per ritardare l'incontro con l'implacabile dottor Rossi Castelli, paladino della salute costi quel che costi, compresa una serie di sforzi inauditi a un passo dalla tomba. In un libro intitolato *Lo zen del futuro* aveva letto che intuiamo sempre il nostro destino, ma che di rado lo vogliamo ammettere. Invece lei sentiva (ovvero sapeva) la verità, cioè che le notizie sulla propria salute erano cattive. Eppure, non era preoccupata. Da tempo il suo attaccamento alla vita lasciava alquanto a desiderare. Ormai le premeva soltanto risolvere alcune faccende, e poi se ne sarebbe andata finalmente in un luogo di pace, dove poter ingrassare, imbruttire e invecchiare; fallire con gli investimenti finanziari e i progetti professionali; amare male, o troppo, le persone sbagliate; vegliare sulle adorate figlie senza riserve e senza pudori.

Assorta in queste riflessioni liberatorie, non si era nemmeno accorta che i quindici minuti di attesa erano diventati quasi un'ora, e che le compagne di sventura sedute accanto a lei parevano assai angustiate, lo sguardo smarrito in uno spavento orribile, impossibile da sedare anche con le pillole di ultima generazione.

«Chiara Benatti?»

«Sì?... Sono io.»

«Avanti, prego.»

Il sorriso tirato del dottor Fulvio (o Flavio? Era sempre stata così distratta!) confermava il suo sospetto. Adesso bastava parare i colpi, fingere di volersi curare, invece di ribellarsi al sopruso dell'intervento invasivo. O, peggio, del tentare il tutto per tutto per difendere il niente di niente.

«Signora... ecco... non le nascondo che il suo quadro clinico è preoccupante. Ma lei è sola? Non l'ha accompagnata qualcuno?»

«Oh sì. Fuori c'è Paco con Randi III. Si chiama così perché è il terzo randagio di casa... Lei ha animali? No, davvero...? Non sa cosa si perde!»

«Mi scusi...Chiara. La sua situazione è allarmante, e forse sarebbe il caso di parlarne con un familiare... Paco è suo figlio?»

«No, è il mio filippino! In un certo senso, meglio di un parente...»

«Forse non si rende conto, signora...»

«Io mi rendo conto benissimo. Mi sono fatta le carte e sono venute tremende. Però, dopo la tredici, che è la carta della morte, è venuta fuori la carta ventuno, quella del mondo, della realizzazione piena.»

«Mi scusi, ma io sono un uomo di scienza. Questi esoterismi non fanno per me. A me interessa la vita. Questa. E la sua è appesa a un filo.»

Il dottore aveva preso ad aggiustarsi gli occhiali sul naso, come se vedere meglio lo potesse aiutare a prendere le cose per il verso giusto. Quella strana donna lo indisponeva, e per una volta non sapeva che pesci pigliare. Di solito doveva arginare le reazioni disperate, invece questa paziente sorrideva serafica, come se le avessero promesso una vacanza, o diagnosticato una liberazione.

«Lo so, e me ne importa poco.»

«Faccio finta di non aver sentito. C'è una nuova cura che possiamo tentare. Se risponde bene alla terapia, poi – e solo in questo caso – potremo parlare di operazione.»

«Non credo che mi opererò.»

Chiara lo aveva guardato dritto in faccia: anche se lo stava sfidando aveva un'espressione dolcissima. E solo allora il dottor Rossi Castelli parve accorgersi di un fatto evidente. Quella donna doveva essere stata un'autentica bellezza, da giovane. E dalla bellezza non si guarisce mai, non c'è nessuna cura possibile. Perché il danno arrecato in precedenza coi vizi continui è irreversibile.

«Lei adesso non è in grado di ragionare.»

«Mai stata così lucida.»

«Senta, se permette ho un po' di esperienza. Lei deve assorbire il colpo. È sempre scioccante constatare la propria vulnerabilità... la propria fisicità imperfetta...»

«Perché? A volte è un autentico balsamo.»

«Date le circostanze la perdono e la capisco. Però non esageri.»

«No...»

«Adesso le prescrivo tutti i farmaci, e l'avverto che proverà dei sintomi molto sgradevoli, delle nausee e delle cefalee fortissime. Le scrivo anche il numero di telefono della dottoressa Barisone, una mia collega di Torino...»

«Grazie...»

«Dirige un reparto decisamente all'avanguardia alle Molinette ed è una donna di grande umanità. Si faccia seguire da lei per questo mese, io mi terrò in contatto con...»

«Dottore, mi scusi, ma penso che non farò nulla. Sono arrivata al capolinea, lo sento. E devo risolvere un sacco di cose importanti, urgenti... Per esempio leggere il romanzo di mia figlia... Conosce Sofia Amendola?»

Questa volta il dottor Rossi Castelli non riuscì a reprimere un moto di stizza. I capricci di questa bambina invecchiata lo stavano stremando. Non era abituato a essere messo in discussione così, senza riuscire a imporre la sua autorevolezza di medico.

«No, ma mi ascolti, signora... adesso la lascio andare, vedo che non è nel pieno possesso delle sue facoltà. Ne riparliamo la settimana prossima. La farò contattare dal mio assistente, e sicuramente la chiamerà anche la dottoressa Barisone.»

«Lei è molto gentile, qui siete tutti molto gentili. Ma vede, i passi che la scienza fa per aiutare la gente a vivere bene, li dovrebbe fare anche per aiutarla a morire bene. È ancora più importante, mi creda.»

«Mi dispiace, ma su questo terreno non posso seguirla, signora."

«Ha ragione. E grazie, davvero, per la sollecitudine e per la pazienza. Mi ricorderò di lei, dottore.»

La porta era alle spalle. Il peggio era passato. Adesso bastava solo far perdere le tracce, cambiare il numero di cellulare, decidere con Paco il giorno del trasloco, far credere a Benedetta che la mamma si era sottoposta a un altro intervento di chirurgia estetica, questa volta riuscito male, e che non voleva essere vista nemmeno da sua figlia. L'unico vantaggio di aver vissuto come una cialtrona svaporata era che ormai nessuno le credeva, anche quando faceva sul serio, anche quando era armata delle più ferme intenzioni.

Invece della dottoressa Barisone, una gran brava persona, ne era certa, avrebbe contattato il suo medico di base, per farsi prescrivere una serie di tranquillanti e di sedativi. A dirsela tutta, non la spaventava l'approdo, ma la traversata. Non l'atterraggio, ma il volo prima di toccare terra.

PARTE SECONDA

DIARIO STRAORDINARIO

TORINO, 11 NOVEMBRE 2001
UN GIORNO SPECIALE

Oggi è un giorno speciale, anzi straordinario: sono riuscita a finire di leggere il tuo romanzo, Sofia.

Un diario di 210 pagine, con data d'inizio 21 gennaio 2000, diviso in ventun capitoli (una scelta precisa, la tua) e dedicato a Clara Benares, attrice senza parti e senza talento.

La storia di una patetica, bugiarda e cattiva signora che tenta la scalata sociale ma viene fatta a pezzi da un mondo peggiore di lei. Un mondo che la ripudia e la umilia senza rimedio. Un mondo che, aggiungo per inciso, non le appartiene più.

Non lo dico per farti dispetto: il tuo è un libro che, potendo, non avrei mai letto. Lo sai che ho altri gusti. Mi hai sempre presa in giro per le mie fisse esoteriche.

Comunque sei brava: tratteggi con grinta e umor nero un percorso esistenziale catastrofico.

Con sarcasmo componi l'identikit di una personalità cinica e arrivista.

Con il consueto moralismo mi appioppi un finale da favola horror, un finale dove tutto va a ramengo: affetti, reputazione, patrimonio.

Peccato che il destino di ognuno di noi sia già scritto, abbia in sé stesso il massimo potere possibile, che gli sforzi di buona volontà siano un'inezia, la classica goccia nell'oceano. Del resto un bestseller lo avresti scritto, con una madre diversa da me?

Questo viaggio in terra è soltanto un passaggio. Se si sbaglia qui, pazienza. E poi non l'hai detto tu stessa che non ho fatto altro che recitare? Se ho sbagliato qui, amen, era soltanto una brutta pièce.

Lo so cosa stai per ribattere: che adesso mi riciclo in mistica, perché a cinquantasette anni, dopo averne fatte di ogni, non ho più cartucce da sparare. Forse qui no, bambina mia, ma non è poi così grave.

Siccome adesso non puoi ribattere, dico forte e chiaro ciò che penso: con il solo giudizio della mente si sbaglia strada di continuo, senza il perdono si entra in un tunnel di angoscia.

Certo che ora è comodo, per me, parlare di perdono: secondo te mi sono sempre comportata da iena. Per gli altri, nel migliore dei casi, sono un soggetto assai discutibile, un incrocio tra persona infida e pagliaccio schizofrenico, che cambia sempre i costumi di scena per stupire, per beccare l'applauso, per non invecchiare. O forse per sopravvivere, come tutti. Ma quando si sta per andarsene (e io lo sento che sono giunta al capolinea, proprio come la tua disgraziata Clara Benares) si cambia anche sul serio.

L'errore delle teorie che promettono un nuovo mondo è molto semplice: lo promettono anche nel corso della vita, nel bel mezzo degli affanni e dei progetti di realizzazione, mentre il nuovo mondo, la nuova dimensione, lo si trova soltanto quando si è di lato, ai margini, disposti a mettersi da parte, e anche a perdere tutto (cioè niente). Oppure, come nel mio caso, quando si è con un piede nella fossa. E pure contenti di salutare. Arrivederci e grazie: che liberazione.

Sei sempre stata lungimirante, hai sempre sostenuto che lo zen è una faccenda per signore sfiorite. Giusto: si è mai vista una splendida diciottenne smaniare per trovare l'equilibrio interiore a suon di mantra?

Però la mia ricerca è iniziata tanti anni fa, anche se tu non ci hai mai creduto: e la mia guida, il mio spirito guida si chiamava Gaia, un nome bellissimo, portatore di serenità. Ogni volta che stavo male, che mi sentivo persa nel buio della paura, la consultavo: e trovavo sempre una luce che dilatava lo spazio interiore della comprensione, quello che ci fa accettare ciò che è, e che tra l'altro è sempre e solo quello che può essere.

Bene, rovistando fra le vecchie cose, nei cassetti senza gioielli (non ci crederai, ma per me essere diventata povera non è affatto un problema) ho recuperato dei quaderni scritti con il pendolino (la chiamano anche scrittura automatica: dovresti provare, sai, forse partoriresti un libro meno arido). Non metterti a ridere: riletti adesso mi paiono pieni di spunti profetici. Mi sembrano la migliore eredità da lasciare alle mie figlie. Anche se interesseranno soltanto a Emma, perché tu hai sempre irriso le mie manie occultistiche, e Benedetta le ha sempre sottovalutate, ritenendole una posa, un ulteriore inseguimento di mode superficiali. Ma anche le figlie sbagliano, nel giudizio sulle madri. Possono prendere grosse cantonate, sai, e forse in questo circolo democratico degli errori si ripropone la perenne lotta tra generazioni. Perché io avevo già iniziato a risvegliarmi, ed ero sincera nella mia ricerca spirituale. Che non si vedessero i risultati è tutto un altro discorso: si può impiegare un'intera esistenza per ritornare nel luogo di pace da cui proveniamo.

Lo sperimenterai anche tu, Sofia: adesso sei immersa nei tuoi propositi esteriori, frastornata dal successo, da chi ti dice complimenti, brava, bis. E per un po' di anni non farai che cercare di avere sempre di più, applausi e riconoscimenti, gratificazioni e lodi, fama e soldi. Vorrai espanderti, crescere, salire. E quando penserai di avercela fatta, e di essere all'apice, ti troverai a scendere, e ad avere sempre meno: meno potere, meno sfera di influenza, meno salute, meno amore (quando mancherò io lo capirai meglio, e in modo definitivo). Inizierai a perdere il controllo di quello che ti succede, a sperimentare il cedimento di tutte le impalcature (o strutture dell'ego, come direbbe il tuo analista) e magari ti accorgerai di non aver niente da dire, niente da criticare o da promuovere. Ma solo a quel punto inizierà la tua fortuna: acquisterai la tua vera voce, quella che ti guiderà verso il posto dove trovare riparo (quello da cui provieni, e lì incontrerai anche me, contaci).

Sto sbagliando a parlarti di queste cose adesso: sei ancora troppo acerba per comprenderle.

Il paradiso dei giovani è in terra, nelle promesse dei fatti, nel vigore dell'azione volta a raggiungere i propri obiettivi (che variano di persona in persona, ma non in maniera così sostanziale come possiamo pensare). Eppure è un paradiso precario, sempre a rischio licenziamento. Invece il paradiso dei vecchi si deve rimandare all'aldilà, ma è un punto di arrivo carico di speranza.

Si cammina per anni, lustri, decenni in questa infinita (e spesso infruttuosa) ricerca del Superiore. E poi, quando meno l'aspetti, quando credi di essere con il vento in poppa, arriva il crollo di ogni certezza. Sentimentale, professionale, economica ed estetica (ci metto anche questo, così sei contenta, così mi adeguo alla frivolezza della tua Clara Benares).

Con il collasso di ogni illusione arriva l'illuminazione, come per l'effetto di un elettroshock. La mente va in panne, e si accende la scintilla di ciò che conta davvero.

Chi lo dice che non c'è un equilibrio nelle cose?

Il tuo libro ha demolito le mie ultime resistenze, ha scardinato le fondamenta dell'orgoglio, ha spento ogni residuo abbaglio sull'amore materno.

Devo dire grazie a te o al destino?

Oppure debbo concludere, più saggiamente, che siete la stessa cosa, e che ci siamo scelte come madre e figlia per procedere su una strada già decisa da Qualcuno o Qualcosa più in gamba di noi?

12 NOVEMBRE 2001

Ieri ho iniziato a raccontarti lo shock che mi ha procurato la lettura del tuo *Diario straordinario.* Ebbene. Per tre settimane ho tentato di andare avanti, di riaprirlo alla pagina interrotta, di finire un capitolo. Non c'era verso, un blocco totale: il panico mi assaliva, la mia anima si raggomitolava e poi vomitava dolore. Sì, sto parlando di anima, amor mio. Il Signore ha parlato di figliol prodigo e io in questa parte del Vangelo mi ci riconosco appieno.

Mi prendo tutto lo spazio concesso a chi si ravvede quando manca un passo al precipizio.

Sono sfinita, ma ho un desiderio importante, vitale: rimettere a Dio, o a Chi mi vorrà ascoltare, i miei peccati, in una lunga confessione.

Tranquilla: lo so da me che sono tanti, e che occorrerà del tempo. Ma io non ho più nulla da fare, nulla da dimostrare.

Che opportunista, penserai tu. E pensalo, Sofia, che ti fa bene. Scarica la rabbia, ne hai ancora così tanta in corpo, duecentodieci pagine non bastano per tutto il rancore che covi da quando sei nata.

Chiedo perdono lassù, ma non cerco sconti qui, tanto meno da te: sì, sono stata la peggiore delle madri e delle mogli. La peggiore amica (e infatti vere amiche non ne ho avute, si vede che non me le meritavo). E quando ho fatto l'amante, troppe volte, ho sempre trovato gli uomini peggiori.

Il karma fa le sue giravolte, prende e toglie, c'è un prima e un dopo che ingabbia i nostri destini, alla faccia di ogni strategia.

Sto perdendo il filo del discorso. Comunque. Il mio cuore era come impazzito. Leggere quelle pagine tremende mi ha fatto schizzare i battiti sopra la testa. *Bum, bum, bum,* andavano per conto loro, non volevano saperne di ascoltarmi né di riprendere un ritmo regolare.

Nessuna tecnica di rilassamento funzionava. Sono stata ore e ore messa a squadra, la schiena a terra e le gambe all'insù, per far confluire le energie. Risultato: a momenti non mi alzavo più, ero piegata in due. Avresti potuto scrivere un pezzo dissacrante, dei tuoi. Intitolato: La vecchia apprendista asceta (pazza e pasticciona).

Poi sono ricorsa ai miei tarocchi: ma nessuna carta prevedeva un futuro accettabile. Infine ho recitato l'intero rosario del pensiero positivo: niente da fare, nulla riusciva a placarmi.

Ho avuto un crollo nervoso: nemmeno inchiodata al letto riuscivo a schivare gli attacchi di ansia, tremendi.

La fame si è azzerata, la sete non mi dava tregua. Non ho fatto altro che bere.

Niente sonno, una raffica di domande, ricordi, rimorsi.

Come ti dicevo, devo aver sperimentato una formula di elettroshock casalingo (che perfidia mettere nomi, date e fatti riconoscibili, Sofia. Così colpisci anche le tue sorelle: che colpa ne hanno loro se tu mi odi tanto?). Devo aver inaugurato un nuovo sistema per depurare l'organismo, un rito liberatorio in chiave domestica.

Forse c'è una sola parola che esprime ciò che ho passato. Travaglio. Tu non ne sai nulla, perché non hai ancora figli e forse non ne avrai mai. Be', il travaglio è spossante, credimi. Almeno questo me lo devi, piccola mia (sì, sei ancora piccola, ventinove anni sono pochi per sostenere il peso del successo che ti sta schiacciando e che ti travolgerà come un'onda anomala. I doni speciali sono sempre dei boomerang, oppure, come diresti tu, dei pacchi tremendi. Vedi alla voce bellezza).

Poi finalmente sono crollata, e ho partorito la resa. Arrendersi vuol dire accettare (e quindi sostenere) ciò che accade.

Arrendersi vuol dire in qualche modo aprirsi alla vita. Almeno a quello che mi rimane da vivere quaggiù. Che è poco (in termini quantitativi) e moltissimo (in termini qualitativi).

Da oggi riprendo a respirare.

Da oggi riprendo a scrivere il mio «Diario straordinario»: mi aspetta da troppo tempo.

13 NOVEMBRE 2001
LA MIGLIOR DECISIONE

Ho deciso: non uscirò più di casa. Fuori c'è troppo rumore, troppa tensione, troppa eccitazione. Troppe cose che non mi servono più.

Tu, Sofia, penserai che sono una vigliacca e che mi rintano per la vergogna; mentre tu Benedetta, come sempre, invece di giudicare ti preoccuperai per me. E molto.

Emma merita un discorso a parte: grazie a Dio non sa ancora nulla di tutto questo casino, e vivrà beata ancora per un po'.

Invece io rimando la beatitudine a dopo.

Adesso urge altro.

Devo ricostruire il mio percorso fin qui, fino a questo pamphlet satirico che sembrerebbe un atto di crudeltà nei miei confronti e che forse è un dono del cielo.

Spezzerò il cerchio magico degli amori sospesi (quelli che non ho saputo vivere) in un punto preciso, in modo da farlo diventare una linea retta.

Ricucirò il filo dei ricordi per trovare il vestito giusto da indossare, ma non per sfoggiarlo in società.

Riprenderò lo scopo delle mie azioni per rinnovarne il senso, trasformando le peggiori intenzioni in abbozzi di progetti felici.

I sentimenti mal espressi si libereranno dal sortilegio

dell'incomprensione e spiccheranno il volo, come angeli leggiadri.

Cercherò di comprendere quello che non mi è stato concesso e perché.

Tutto l'amore che non ho dato o che non ho saputo dare lo restituirò con gli interessi a chi non se ne fa nulla (ci sei sempre di mezzo tu, Sofia: è il destino degli egocentrici?).

Queste sono le uniche questioni che mi riguardano ancora, l'unica matassa da sbrogliare.

Da oggi mi prendo una pausa, una vacanza incondizionata per tornare al centro di me stessa.

L'avrò pur avuto un centro, un cuore, un'anima. Quando si nasce si sa tutto, è solo vivendo che si perde ogni cognizione di causa.

Ho girato come una trottola impazzita per troppo tempo. Con passo calmo e fermo andrò a trovare un sacco di persone: persone che nell'accezione comune non ci sono più, come Edoardo, Giulio, Annamaria, Alessandro e Milly. E persone che ci sono ancora, ma lontane anni luce, nello spazio gelido del disprezzo.

Randi III è qui con me, e il suo amore senza riserve e senza paletti è tutto quello che mi occorre. Se ne sta a cuccia, non chiede spiegazioni e si diverte a vedere cosa faccio. Se non fosse per lui, farei anche a meno di Paco, l'ultimo lusso residuo. Sono sulla via della redenzione, non trovi?

Comunque. Paco viene due volte al giorno per portar fuori Randi, lasciare un po' di spesa (soprattutto canina), rassettare in fretta cucina e bagno. E naturalmente per vedere come sta la sua padrona. Beati i poveri di spirito perché loro è il regno dei cieli, diceva il Signore. Beati gli assistiti dai poveri di spirito, aggiungo io.

Sì, non smetterò mai di essere riconoscente a Paco, e alla sua quieta sollecitudine. A differenza di tutti gli altri, non pensa affatto che io stia malissimo, barricata nel mio appartamento da pezzente. Semmai pensa che io mi goda un meritato riposo. Mica occorrono grandi proclami per spiegare che sono finalmente in pace.

14 NOVEMBRE 2001

Conoscere Edoardo Amendola è stata la mia disgrazia di donna (non di madre, non smetterò mai di ringraziarlo per avermi regalato voi tre, pardon, voi due).

Sposarlo, il mio peccato capitale. Perché peccare significa mancare l'obiettivo, mancare il bersaglio della propria esistenza. Lo capirai anche tu Sofia, se sarai così fortunata da perdere (non troppo tardi) successo e tracotanza.

Che errore madornale, rinnegare la mia natura libera: mi sono svenduta al peggior inferno di costrizioni sulla terra, la mondanità satura di pettegolezzi, le frequentazioni altolocate all'insegna dei colpi bassi, la scalata sociale che costringe a un'arrampicata affannosa e solitaria.

Quante persone vuote e cattive ho incontrato, entrando nell'aristocratico clan Amendola! Ho bevuto tutti i giorni una pozione di cicuta, che mi ha intossicato viscere e cuore. Come io sia riuscita a sopravvivere finora, è un vero mistero, e tu dirai che la risposta è semplice: ero peggiore dei miei avvelenatori. Può darsi. Però ascoltami, non voglio sconti, voglio solo parlarti. Tra l'altro scrivo come se fossi in trance, come se uno sciamano mi dettasse ciò che mi preme dirti.

Niente è più fuggevole della felicità, se cerchiamo di strumentalizzarla, se pretendiamo di appropriarcene. La felicità è uno stato di grazia. Per esempio qui, nel letto, mentre scrivo il mio «Diario straordinario», mi sento quasi in estasi, appagata a prescindere.

Ho i capelli sporchi, non ho un filo trucco, sto in camicia da notte anche se è giorno, e mi vado bene così (che sia questa la famosa autostima?). Per anni e anni ho continuato a litigare con l'anagrafe. Adesso le faccio una sonora pernacchia.

Lo ammetto: la metamorfosi da bellissima ragazza (adulata e corteggiata ai limiti dell'indecenza) in anziana signora è un gap ostico da superare. Un annientamento esponenziale, un tracollo verticale che tu hai descritto molto bene, con innegabile senso dell'umorismo.

Ma torniamo indietro: vorrei soffermarmi sul delirio di onnipotenza che regala il consenso esagerato, ricevere tutto «senza nulla mai chiedere». Perché prima di sposare Edoardo questa esaltazione io l'ho provata. Inconsapevole, ho assaporato il paradiso in terra, arrivandoci senza sgomitare né tirare colpi bassi (sei padrona di dubitarne, ma mi hanno davvero fermato per strada, chiedendomi di fare un provino per un film).

Essere lanciati in alto senza preparazione (ergo senza aver sgobbato o studiato) è una tragedia, non certo una manna piovuta dal cielo. Ma allora non sapevo che i desideri esauditi anzitempo si pagano a caro prezzo. Così da giovane moglie e da donna adulta ho lottato fino allo stremo delle forze per ritrovare quella sublime euforia, quell'energia gratuita, quella pacchia incredibile. Avevo la sensazione che ogni giorno dovesse portare con sé una sorpresa, o un dono straordinario. E invece, a parte le parentesi felici di Benedetta ed Emma (tu fai eccezione Sofia, e tra poco saprai il motivo), per il resto sono stata sempre male. Sempre fraintesa ma – quello che è peggio – fraintendendo io ogni tecnica esistenziale, travisando tutto io per prima. Ho scambiato i piccoli vantaggi che offre la seduzione per l'immunità totale, ho allestito una festa ininterrotta piena di ospiti fasulli per stordirmi in un'eterna baldoria. Invece mi sono ridotta a recitare da comparsa in una commedia scadente, a sentirmi un'estranea dentro una caciara perenne.

Già. Nessun vestito di alta sartoria, nessun accessorio alla moda, nessun gingillo prezioso, nessun fard luminescente ha coperto le magagne. Nessun ruolo, né quello di moglie sirena né quello di tipa fuori di testa piena di amanti (prima troppo vecchi e poi troppo giovani), ha recato sollievo. Solo il ruolo di madre mi ha dato gioia e senso. Perché in quel can can sinistro, in quel balletto degli errori siete nate voi tre, il mio trittico magico, il mio capolavoro.

Andando per la vostra strada (che nel caso tuo parrebbe lontanissima dalla mia), mi ritroverete. Sì, ci sarai anche tu, Sofia. Lo so, lo sento. E non vedo l'ora di riabbracciarti.

15 NOVEMBRE 2001

Basta parlare con Sofia: quella ragazza mi ha sempre stremato, e devo cominciare a dosare le forze. Prima della fine ho da sbrigare un sacco di faccende, devo parlare con un sacco di persone.

Comunque. Succede così, in terra: il figlio peggiore è quello che cattura tutta la scena. Gesù ha reso protagonista il figliol prodigo, mica il figliolo buono. E tu, Benedetta, sei stata una figlia buona, buonissima.

Hai iniziato subito a comportarti bene e non hai smesso mai: sei un angelo moderno, bimba mia, sì proprio un angelo, è inutile che scuoti la testa. Lo so che sei allergica a quello che io mi ostino a vedere nelle stelle, che dubiti delle mie visioni e dei miei presentimenti, ma anche le persone perfette possono sbagliare.

Sei il risultato dell'amore che ho saputo dare, Benedetta, della persona migliore che ho potuto essere.

Non sbuffare, non considerare farneticazioni da malata di mente ciò che ti sto dicendo: gli angeli esistono, volano leggeri anche se hanno responsabilità pesanti.

Quando sei nata eri una bambina bellissima e sorridente, e mai più io sono stata felice così, in quel modo tanto spontaneo. Ero piena di consapevolezza, mi muovevo dentro uno spazio aperto, integro, simile a quello in cui mi trovo ora, anche se sto camminando su un percorso inverso. Con te avevo tutto (mentre ora non ho più niente, se non la stessa sensazione di onnipotenza), con te in braccio, giovane madre stupenda, mi sembrava di volare dentro un cielo di possibilità infinite, tutte legittime: e le ali me le avevi messe tu, colorate e libere.

La gioia rende distratti, peggio, ottusi: davo per scontato l'amore che mi regalavi e che ti restituivo, trovavo normale il dolce calore che passava tra me e tuo padre, e non solo tra le lenzuola. Un calore che annullava i litigi (che riguardavano soprattutto Milly) e le umiliazioni (che provenivano da un ambiente che non mi accettava e che mai mi avrebbe accettato).

Un'energia pura che cancellava le bassezze commesse per farmi sposare da lui, in primis quella di essermi fatta mettere incinta apposta. Impalmare Edoardo Amendola, lo scapolo d'oro della Torino altoborghese e aristocratica, era il massimo a cui io potessi aspirare: da figlia di un rappresentante di stoffe (meglio che di latticini, non trovi?) abitante a Cernusco sul Naviglio, da ragazza senza né arte né parte che aveva smesso di studiare per seguire un'improbabile carriera d'attrice, da futura donna che non vedeva l'ora di lasciare un mestiere precario (e neanche scelto) per piazzarsi in una posizione certa. La posizione di una signora che aveva preso al laccio un uomo molto ricco e molto più vecchio di lei. E mi stupivo che Milly mi avesse sgamata e mai accolta come nuora! Davvero incredibile la faccia tosta dei giovani (mi correggo: che avevo io da giovane, perché tu sei sempre stata fin troppo modesta).

Sei nata il 7 di luglio, in un assolato pomeriggio dell'anno 1965: la somma di uno, nove, sei e cinque fa ventuno, che nel mazzo dei tarocchi vuol dire il mondo, il successo pieno, il completo coronamento dell'opera. Cioè la realizzazione totale. E ventuno erano gli anni che separavano me da tuo padre: lui ne aveva compiuti quarantadue, e io ventuno (ancora!).

Lo vedo cosa pensi: che con i miei tarocchi non ne ho mai azzeccata una. Che questa fissa del magico numero ventuno mi ha portato solo sfortuna. In definitiva, che sono fallita.

Poi: che il tuo destino non ti sembra affatto speciale, costretta a una continua opzione di basso profilo del protagonismo altrui (che ha raggiunto il suo apice distruttivo in Sofia).

Dissento su tutta la linea.

Primo: ti ho generato, quindi non posso essere fallita. Secondo: hai carattere, hai forza interiore, e questo conta più del profilo esteriore. Il motivo è semplice: quando sei venuta al mondo, per una sublime alchimia, al di là di ogni calcolo, esoterico e pratico, io ero sinceramente, strepitosamente felice. Forse per questo sei la più serena delle mie figlie: hai respirato sicurezza, e quella sicurezza ti ha sempre consentito di trovare la strada giusta, anche in mezzo a mille intoppi.

È vero: sei una che chiede sempre permesso e scusa.

Sei una che porge l'altra guancia. Ma fidati, te lo dice una che ha fatto il contrario per troppi anni: con la gentilezza d'animo si attracca sempre in porti sicuri. Con la dolcezza di modi lo sfregio del tempo (sul volto e non solo) si fa meno crudele.

Beati i miti perché erediteranno la terra: più leggo il Vangelo, più lo trovo sorprendente. Altro che il libro di Sofia. Ho tanta paura per lei: con quell'ego enorme, che cosa potrà mai affrontare se non ombre e paura? Ha appena compiuto ventinove anni (lo sapevo che non dovevo farla nascere sotto il segno dello Scorpione) e adesso la sua grinta e la sua rabbia la rendono interessante. Ma poi? Dove andrà a ripararsi quando la bufera del suo rancore la porterà sempre più lontano dal suo centro e dal suo cuore? Sto parlando per metafore, lo so: a te non garbano e Sofia le trova *cheap*. Allora traduco: quando io sarò morta, contro chi si vendicherà Sofia, se non contro sé stessa?

Proteggila tu, che sei la più sana, la più coraggiosa. Emma ha un carattere incantevole, solare, libero, ma l'ho viziata tanto, e i vizi sono un'arma a doppio taglio: o si diventa buoni (perché essere competitivi se si possiede già tutto?) o si diventa patetici (difficile rassegnarsi a perdere i privilegi, e infatti io ho pagato caro il privilegio di una bellezza rara: guarda come sono invecchiata male, e precocemente).

Ma torniamo a te: quando sei nata, per nome ho scelto Benedetta. Tuo padre non era d'accordo, preferiva di gran lunga Costanza: ma la costanza serve a chi non ha la grazia, a chi ha senso del dovere, non a chi procede con gioia, a passo di danza.

Sto farneticando? Forse. Queste gocce prescritte dal mio medico di base sono favolose, e assieme alla meditazione hanno un effetto straordinario: scrivo in uno stato di ipnosi e di superamento della realtà, proprio come se mi guidasse Gaia, il mio spirito guida.

Ho perso di nuovo il filo del discorso, abbi pazienza ancora una volta: ah, ecco, volevo dire che ho tenuto il punto e che ho vinto la scommessa. Benedetta è un nome meraviglioso e tu lo stai onorando in pieno.

«Onora il padre e la madre» non faceva al caso tuo (che genitori pessimi siamo stati!) ma «onora il tuo nome» sì.

La tua è una vita benedetta, serena, piena d'amore.

Ricordi? Quando ci hai comunicato che avresti sposato Claudio, hai mandato su tutte le furie tuo padre e reso contenta me: Edoardo pensava che il mio atteggiamento fosse falso, un modo per indispettirlo, per fargli pagare il fatto che si era messo con una donna più giovane, più seducente, più celebre di me (per inciso: gli ottimi partiti non invecchiano mai, a sessantacinque anni tuo padre si era riciclato alla grande, si poteva permettere uno schianto di ragazza di trentatré, mentre io stavo iniziando a perdere smalto e penne).

Edoardo mi credeva pazza di rabbia per la sua vendetta eccellente, perché alla fine mi aveva restituito tutti i tradimenti con interessi salatissimi.

Non ne ha mai azzeccata una, pover'uomo. Non è mai stato molto intelligente. Succede spesso ai ricchi e nobili.

Basta vedere come si è fatto infinocchiare da me, suo errore supremo.

Invece io ero felice per te, per il tuo matrimonio: stavo cominciando a smarrire ogni sicurezza, quindi a ravvedermi, a quarantaquattro anni sperimentavo sulla mia pelle stanca gli inganni della pura apparenza.

Dal profondo, in modo viscerale, capivo la tua scelta di sostanza, capivo che in quella famiglia semplice avevi trovato quello che ti era stato negato a Casa Azzurra: allegria, modestia, spontaneità.

Onestà. Perché i tradimenti dei genitori ricadono sui figli, e di questo io e tuo padre dovremo renderne conto a Dio. Amen?

Randi pregusta la sua pappa preferita (carne macinata con pasta ben cotta), sbadiglia soddisfatto e mi riporta sulla terra, con te.

Sì, Benedetta, sei tu la persona straordinaria.

Anche oggi hai chiamato per sapere come stavo.

Anche oggi ho continuato a farti credere che non voglio vedere nessuno (compresa te) per futili motivi estetici. Anche oggi non sono riuscita a rassicurarti, dal momento che ho parlato poco, con monosillabi stentati.

Anche oggi ho sentito sollecitudine e preoccupazione nelle tue parole.

Tesoro, abbi fede: non posso spiegarti ogni cosa ora, c'è tutto il tempo che occorre.

Non insistere per venire qua. Ho bisogno di pace. Sto

bene da sola, in questa strana dimensione fuori dal corpo, in questo stato di estasi o, se preferisci, di esaltazione mentale.

Certo che lo immagino quanto sei in pena.

Anzi, peggio: da quando è uscito il libro di Sofia sei terrorizzata. Per una volta benedici la mia scarsa informazione (non posseggo più la TV e non compero più i giornali), ma non hai il coraggio di verificare. E se mi arrivasse per caso qualche notizia? Così vivi in uno stato di perenne agitazione. Hai paura che il *Diario straordinario* mi raggiunga comunque, e che io mi spari un colpo dopo averlo letto. O che mi butti giù dalla finestra.

Tranquilla: come dice tua sorella, sono sempre stata la regina del riciclo. Magari morirò da santa martire.

Ma non da suicida, te lo prometto.

16 NOVEMBRE 2001

Torniamo a te, cara Sofia.

Qualche giorno fa ti parlavo di Gaia, il mio spirito guida. Siccome immagino il tuo scetticismo, ti ricopio una pagina. Pensa, è datata maggio 1972. Avevo scoperto di essere incinta di tre mesi, e dovevo decidere cosa fare di te e di me.

Dovevo decidere se rimanere la signora Amendola, ingannando tutti, imboccando un'autostrada di agi pratici e di facili soluzioni. Oppure se dire la verità, affrontando lo scandalo e la precarietà economica, arrampicandomi per un sentiero irto e solitario. Magari mettendo di mezzo, anche legalmente, chi non voleva saperne di me e di te.

Dovevo decidere se farti diventare sorella della dolce Benedetta e figlia del ricco e solido Edoardo, una bimba privilegiata che gioca nel giardino curato di una villa liberty ai piedi della collina, che dorme beata nella sua stanzetta piena di mobili antichi e di giocattoli costosi. Oppure se strapparti al benessere e alla spensieratezza, e costringerti a diventare la «figlia del peccato» (detto così suona ridicolo, ma allora con queste cose mica si scherzava), la figlia dell'uomo che ti rifiutava. Soprattutto, la figlia della stupida donna che ero stata io. Proprio come la tua Clara Benares.

L'amore vissuto fino in fondo richiede una forza e

un coraggio immensi. Con te non li ho avuti. E l'ho pagata carissima. Barando con le mie debolezze, mi sono convinta di aver optato per il tuo bene, invece di ammettere che stavo cercando un riparo dai miei mali, dai miei guai.

Ma di questo parleremo più avanti. Adesso leggi che cosa mi raccomandava Gaia e poi dimmi se non ti lascia di stucco.

RICOSTRUIRE UN DISCORSO INTERIORE DETERMINANTE, IL FILO SPEZZATO DI UN AMORE FINITO.

RIMANIAMO UN SECONDO FERME. SIAMO SU UN SENTIERO SEGNATO SOLAMENTE ALLA PARTENZA, E CHE POI HA SFUMATO IL SUO TRACCIATO. ORA TU SEI IN MEZZO A QUESTO VUOTO, SENZA LA VOLONTÀ DI PROSEGUIRE NÉ DI RITORNARE. IL DESERTO È UNA TERRA RICCHISSIMA DI COLORI E DI POSSIBILITÀ. TU PUOI ESPLORARNE UNA PARTE MERAVIGLIOSA SE SOLO VINCI QUESTO SENSO DI ARSURA E DI SOLITUDINE.

IL TUO ISTINTO VITALE FUGGE LA SOFFERENZA, CHE PERÒ È INDISPENSABILE ACCETTARE. ANCHE IL POLO NEGATIVO DEVE ESSERE CONOSCIUTO PER POTER ESSERE USATO.

RIDERE COSÌ SPESSO NON È NECESSARIO, QUELLO CHE CONTA È UN SORRISO IMPERCETTIBILE DENTRO IL CUORE.

NON AVER TIMORE. CORAGGIO, FARFALLA INQUIETA, IO TI VOLO SEMPRE ACCANTO.

Incredibile, eh? Gaia mi spingeva a dire la verità, mi spronava ad attraversare il deserto assieme a te, da madre coraggiosa, a intraprendere un percorso per scoprire la parte più autentica di me stessa. L'amore andato in malora per chi mi aveva rinnegato era la rovina necessaria per rinascere. E pensa che il giorno in cui ho iniziato a leggere il tuo *Diario straordinario*, Paco ha trovato sul pianerottolo una copia della «Stampa». Me l'ha portata e ho iniziato a sfogliarla: bene, nelle pagine culturali spiccava una lunga intervista a Eric-Emmanuel Schmitt, il mio autore preferito. Come si fa a non credere alle coincidenze del destino? Leggi qua:

> Avevamo marciato per dieci giorni con un gruppo di persone. Era un viaggio organizzato, un trekking nel deserto. Mi sono perso alle pendici del monte Ararat, a trecento chilometri dal primo villaggio. Non avevo da bere né da mangiare. Avevo paura di morire. Mi sono preparato per la notte. Poi è successa una cosa stranissima: durante la notte invece di aver paura sono stato penetrato da una forza più grande di me. Sono stato toccato dalla fiducia. Io non avevo fede. Ero agnostico. Sono diventato credente. Meglio, agnostico credente: non so, ma credo. Al mattino, pensavo, se ritroverai la strada vivrai come un credente, se non la ritroverai, morirai come un credente. Prima della seconda notte la guida mi ha ritrovato. Ho conservato quell'esperienza che ha lavorato dentro di me come un recesso alchemico. Questa piccola sorgente che avevo nel cuore è diventata un fiume. Mi ha cambiato totalmente. Prima, ero un filosofo, poco portato per la narrativa. E avevo il cuore completamente separato dall'intelletto. Il deserto mi ha unificato. Ho preso la penna e ho potuto scrivere con l'intelletto e con il cuore. Tutti i miei personaggi hanno un prima e un dopo. Prima credono di avere o di sapere qualcosa di definitivo sul mondo, poi accade qualcosa che fa crollare tutto. E devono ricominciare. E devono accettare questa condizione. Come se ognuno di loro fosse destinato a trovarsi di fronte al deserto e ad attraversarlo.

Cosa aggiungere, Sofia? Il tuo libro ha disperso in mille rivoli ogni illusione di centralità. Mi sono sentita a brandelli, sparpagliata, con il respiro della morte accanto. Eppure, dopo il crollo, mi hanno pervaso una forza e una fiducia immense. Ora che sono quasi alla fine del viaggio, vorrei lasciarti un viatico ideale per la lunga traversata che ti aspetta.

Nel deserto perderai tutto e ritroverai tutto.

Nelle notti buie vedrai le stelle di cui ti ho parlato invano.

Pian piano comprenderai ogni cosa, senza farti nemmeno una domanda.

Pian piano ti trasformerai in una voce in grado di parlare al cuore delle persone e in una figlia in grado di perdonare una madre catastrofica. Saprai amare senza chiedere niente in cambio e allora, solo allora, il tuo diario di bordo sarà davvero straordinario.

17 novembre 2001

Con le bugie non si scherza. Si passa indenni dalla falsità per un po', ma poi, quando credi di essere in salvo dai rimorsi e dalle angosce, quando finalmente credi di averla fatta franca, le bugie vengono a galla come salme dispettose.

Sei venuta al mondo che già lo sapevi di non essere figlia di Edoardo; in qualche stanza buia dell'inconscio avevi capito che i conti non tornavano affatto.

Devi aver respirato già dentro la pancia la subdola contraddizione tra la forma e la sostanza. Perché ero riuscita a salvare in extremis la mia reputazione e il tuo futuro, ma non ero stata capace di proteggere il mio cuore dalla disperazione.

Ti sei nutrita per nove mesi di un dolore lacerante, di paure abissali e di voglie irrealizzabili: come stupirsi se sei nata strillando, pestando i piedi e dopo non hai più smesso?

Hai sofferto troppo, e mi hai ricambiata con gli interessi. Sei sempre stata in gamba, Sofia. Mi hai insegnato quanto sia vero il detto: «Chi la fa l'aspetti».

Appena hai aperto gli occhi a Casa Azzurra, hai captato con le tue antenne sensibili di essere un'estranea in una casa dove il contegno sostituiva il calore; hai sentito subito di non aver niente a che spartire con Edoardo, l'uomo debole (non voglio dire vigliacco) e poco acuto (non voglio dire stupido) considerato da tutti tuo padre.

E senza dubbio hai riconosciuto immediatamente la Grande Colpevole, l'artefice dell'Imbroglio Supremo, quella contro cui puntare il dito accusatore. Io, tua madre. Così, ci hai contestati senza scampo: abbasso il pavido silente e la furbastra di tre cotte.

Fin qui ti sei comportata da brava detective, Sofia. Onore al merito. Però l'odio smisurato che hai iniziato a covare contro di me ti ha reso più cieca di me. Certo, intuivi che non amavo più Edoardo, ma non sei mai riuscita a immaginare un'altra realtà profonda ed essenziale, cioè quanto io abbia amato il tuo vero padre. Sul serio. Sì, proprio io. La donna egoista e fatua, l'ispiratrice dell'orrida Clara Benares, ha provato per tuo padre un amore spropositato. Si è sottoposta come un agnellino sacrificale a una tortura inevitabile e necessaria.

Non mi guardare storto, non sprecare il tuo sarcasmo: succede così, con gli amori sbagliati. Non è possibile schivarli, forse perché ci debbono insegnare qualcosa che altrimenti ci guarderemmo bene dall'imparare. Sono dei mostri che ci scaraventano all'inferno per aiutarci a riconoscerlo, per aiutarci a trovare la nostra anima sepolta chissà dove, sotto un cumulo di fraintendimenti.

Non disprezzare questi discorsi, Sofia. Col tempo li capirai. Eccome, se li capirai.

Comunque. Il suo nome non lo riesci nemmeno a immaginare, altrimenti non avresti scelto di pubblicare *Diario straordinario* proprio con la sua casa editrice.

Ci arrivi, adesso? Dai, fai un piccolo sforzo. Ecco, sì, è proprio lui, Giulio Agresti.

E Carlino Agresti, quello con cui stai trattando le percentuali dei diritti d'autore, è nientemeno che... tuo fratello! Buffa, eh, la vita? Meglio di un romanzo. Ha più fantasia, più pathos, più colpi di scena. Più sangue e umori. Meno etichette.

Tuo padre è morto, e non puoi fare confronti, ma se osservi con attenzione tuo fratello, ti accorgerai quanto ti somiglia. Lo stesso naso importante, gli stessi lineamenti forti, gli stessi occhi cerulei che scrutano ironici il malcapitato interlocutore di turno. Tu sei più intelligente di lui (di recente ho letto una sua intervista, e mi è sembrato piuttosto banale), perché evidentemente hai preso tutto da tuo padre. Per fare un sommo dispetto a lui e a me.

Ma lascia che ti racconti l'inizio della storia: Giulio Agresti era l'uomo più affascinante che si potesse incontrare, e purtroppo io l'ho incontrato.

Era l'uomo più cinico e spietatamente realista con cui ci si potesse confrontare, e purtroppo io non mi sono tirata indietro. Da scema integrale, ho sottovalutato il veleno che si ingurgita quando ci si scontra con un tipo umano irrimediabilmente arido.

Sapevo che la mela della nostra relazione era bacata, ma il sapore di quel frutto proibito era buono, buonissimo.

Imparare da lui è stato esaltante, proprio quanto fare la moglie borghese era diventato frustrante.

Ci siamo conosciuti a una festa in casa Clavarino, una di quelle feste dove anche i lampadari scintillavano di perfidia mondana: le signore nasute e frigide (tutte di una sobrietà così impostata da risultare sospetta) mi snobbavano senza pietà, e i loro mariti bolsi e gonfi di testosterone mi corteggiavano senza ritegno. E io, al colmo della mia ottusa presunzione (o della mia beata ingenuità), credevo di prendermi un sacco di rivincite civettando in un turbinio di vezzi da attrice andata a ramengo. Edoardo iniziava a non poterne più di me e di chi mi ridicolizzava, e si era rintanato a bere e a giocare a carte con i nobili del whist, «una banda di snob geriatrici e reazionari» (parole di Giulio Agresti, tuo padre).

Quella sera indossavo un abito di macramè nero, stupendo, che aderiva al mio corpo come una seconda pelle: e io ero (inutile atteggiarmi a falsa modesta) ancora più stupenda. A quasi ventisette anni ero al culmine della mia femminilità, e ne ero consapevole, sparata come un proiettile. Ma ero anche in balia di una vanità pericolosissima, drogata dal potere che sapevo di esercitare sugli uomini, intossicata all'ultimo stadio dai desideri (e dalle invidie) altrui.

Troppe chance significano sempre troppi sbagli. E l'eccessiva sicurezza di sé colpisce prima alla testa, per lacerare in un secondo tempo l'anima.

Sì, sono stata la peggiore delle mogli, e delle madri. Ma sull'amore per Giulio non ho mentito. L'ho amato dal primo scambio di battute, dal desiderio immediato di diventare la sua alunna preferita, dentro e fuori dal letto, di contestare con lui tutto e tutti. In particolare quelli che mi mortificavano di continuo.

Che idiota! Un cuore arido non si conquista mai, non si espugna mai: con un cuore arido perdi prima di iniziare a combattere. Ma Giulio mi aveva plagiato totalmente: nello spirito, nel sesso e nei sentimenti. All'inizio ero ignara del rischio: così accanto a lui sono stata (anche se per un tempo troppo breve) sconsideratamente felice, alla faccia di ogni logica, di ogni prudenza, di ogni perbenismo. Abbeverarsi alla sua cultura, per me che avevo studiato pochissimo, è stato appassionante, una ricerca zeppa di sorprese, una scommessa carica di stimoli.

D'accordo, proprio come la tua Clara Benares ero ignorante come una capra, ma speravo sinceramente di redimermi. Che fessa: per una sempliciotta come me, l'incontro con un intellettuale è stato un suicidio, altro che un riscatto.

Hai preso da lui anche in questo? Dimmi di no, ti prego. E perché allora nemmeno un grammo del mio amore estremo (per lui e per te) ti è rimasto in corpo?

Che tuo padre ti abbia lasciato – suo malgrado – in eredità il suo cinismo disumano? Rispondendo con freddo disprezzo che non eri figlia sua, forse si era liberato di me, ma non si era cautelato contro la dittatura dei cromosomi.

No, sto straparlando, e queste sono soltanto ombre: tu sei una terrorista dell'amore, ma non manchi di amore. Assomigli a chi ha sofferto per amore, non a chi è incapace di provarlo.

Hai respirato strazio per mesi, e sei venuta al mondo impugnando ordigni dinamitardi.

Perché tu dovevi farmi espiare in modo violento e inequivocabile le mie colpe.

Questo era il tuo compito in terra. E l'hai sempre eseguito bene. In modo straordinario.

«Diario straordinario *di Sofia Amendola*
è un esordio esplosivo.»
«La Stampa»

«In questo romanzo c'è tutto quello che una donna non osa raccontarsi sulla vecchiaia, e infatti è scritto da una giovane, promettente autrice.»
«La Repubblica»

«Per dipingere un ritratto femminile così crudele occorre un grande talento o qualcosa di più terribile... forse una madre da uccidere con le parole.»
«Corriere della Sera»

DIARIO STRAORDINARIO

DI SOFIA AMENDOLA

21 gennaio 2000

Ho sempre creduto che dovesse capitarmi qualcosa di straordinario.

In realtà di straordinario c'è questo.

Oggi mi sono svegliata e mi sono tolta l'ultima di un'infinita serie di maschere con cui mi sono camuffata di volta in volta.

Ho capito che sono una fallita.

Nonostante.

Nonostante il materiale organico di cui ho ricoperto chiunque mettesse in dubbio l'onestà delle mie intenzioni. E lo scintillio della mia corazza.

Nonostante le canagliate commesse al servizio del mio ego mitomane.

Nonostante abbia calpestato le ragioni e i sentimenti di tutti.

Nonostante le frittate girate e rigirate.

Perché le bruciature, ma anche le ustioni di settimo grado, se le dovevano beccare gli altri. Quelli di cui non mi è mai importato un accidente. Ho sempre compensato con una furbizia estrema un talento che non avevo.

Del resto non so chi l'ha detto, che la furbizia è il talento dei poveri di spirito.

Se rivedo la mia vita fin qui, mi pare una Panzana Sterminata.

È un ammasso di bugie così monumentale da competere con le piramidi d'Egitto.

Non ricordo di preciso quando ho cominciato a sparare balle, forse già da piccola.

Con le fandonie non si bluffa, a mano a mano c'è l'effetto valanga.

Si è mai vista una valanga farsi degli scrupoli?

Oggi sono arrivata a fine corsa.

Non potendo più far danni, ho tirato un bel respiro di sollievo zen.

L'ultima metamorfosi in atto.

Ho ammesso di essere una catastrofe globale. Una catastrofe somatica, pratica e sentimentale.

Non ho più nessuno da sedurre. Nessun patrimonio da dissipare. Nessuna sceneggiata amorosa da allestire.

Nessun luogo dove stare. Nessun espediente per brillare di luce riflessa.

Ma ognuno di noi è semplicemente quello che può essere.

Io rimango quel serpente che cambia pelle per sopravvivere.

Perché solo adesso ho deciso di confessarmi senza ritegno? Perché per un'anziana priva di charme fisico, il biascichio mistico è l'ultima spiaggia del riscatto.

Chiederò a Cristo o a Buddha o a un angelo invisibile di rimettere i miei peccati.

Racconterò allo specchio i disastri che ho combinato (non ho più nessuno con cui parlare).

Sputando il rospo delle mie malefatte, forse otterrò uno sconto sulla pena.

Se non andrò in paradiso, almeno rimedierò alcune sedute di analisi gratuite. Oppure troverò una panacea per la mia pelle avvizzita.

Da dove partire, se non dall'inizio?

Intanto, cosa pretendere da una che è nata il 4 giugno del 1944, sotto il segno dei Gemelli (segno doppio per eccellenza) nel pieno putiferio degli alleati a Roma?

Assieme all'Italia, gli americani liberavano me da ogni complesso di colpa nei secoli dei secoli. Amen.

Insomma, che colpa ne ho se ho iniziato a vivere a fine guerra, con una smania (straordinaria) di futuro addosso? Nessuna. Esattamente come non sono responsabile della mia straordinaria bellezza (perduta).

L'ambizione me la sono ritrovata nel DNA. *Peccato che ci fosse un piccolo intoppo: era un'ambizione esente da qualunque pretesto serio per palesarsi.*

Da qualunque talento autentico per estrinsecarsi. Ma prima di addentrarmi nello spray della mia anima, vorrei cercare di appioppare un po' di responsabilità in giro. Indicare la pagliuzza nell'occhio del fratello per evitare la trave nel mio.

Tanto per cominciare, sono venuta al mondo nel posto sbagliato, una stupida e noiosa cittadina dell'hinterland milanese, così stupida e noiosa che è inutile descriverla. Non voglio regalarle pubblicità a scrocco.

I dettagli geografici non sono mai stati il mio forte.

Dalla natura si ricava sempre troppo poco, a meno che non si possegga lo spirito di sacrificio dei contadini.

E contadini, massimo scorno per una futura baronessa come me, erano proprio i miei nonni materni, Febo e Piera. Due sempliciotti impresentabili già a partire dal nome. I genitori di Annina, mia madre, sarta di professione e per vocazione, ovvero contenta di esserlo. Un mestiere che le aveva consentito di sopravvivere in tempo di guerra tramutando gli orli e i risvolti in pani e in pesci.

Any, così l'avrei chiamata nel mio periodo chic, era una donna retta e saggia, agli antipodi della mia amoralità.

Quando mi ripeteva: «Tesoro, ognuno ha il suo dono da seguire», pensava al proprio, di dono: cucire stoffe, stringere abiti, confezionare capi fantasiosi a prezzi stracciati.

Mica credeva di commettere un'istigazione a delinquere, poverina.

Perché io a sedici anni, ma anche prima, ho scoperto di essere incredibilmente bella. E di poter ottenere qualsiasi agevolazione con un sorriso o un ancheggiare, con uno spacco o uno scollo.

Altro che dono.

Questo era il bengodi tout court.

Fisicamente sono (pardon, ero) un incrocio magico. Ho catturato i migliori tratti dell'intero albero genealogico.

Eppure nel carattere non si sa bene da chi ho preso: la mamma era il ritratto dell'onestà e di papà Sergio non si poteva tracciare alcun ritratto, né negativo né positivo, dal momento che se ne stava sempre in giro con il suo furgoncino da rappresentante di latticini.

Pare che la nonna paterna fosse un tipo mitomane, ma io preferisco attribuire la mia insensibilità e spregiudicatezza al karma. Ho letto da qualche parte che siamo noi a sceglierci i nostri genitori.

Perché così riprendiamo il cammino che abbiamo interrotto nella vita precedente.

Ebbene: papà e mamma non si amavano affatto.

Ne sono certa.

Mica si diventa una iena senza un terreno fertile, concimato dai cadaveri. E cadaverico era il desiderio tra i miei due genitori, defunta la passione da tempo immemore, di sicuro già prima della mia nascita.

La mamma traeva la forza di campare soltanto dal senso del dovere. Papà dal suo evadere da casa appena poteva.

Sì, non ho saputo amare a causa loro.

Gettiamo un po' di fango sugli altri, che non fa mai male (a me).

Oddio, dovrei parlare al passato.

Perché adesso nel fango sono così immersa che posso scialare.

Permettermi il lusso di tirarmene addosso a palate.

Lo faccio per espiare le mie colpe, no?

E se funzionasse ancor meglio del capo cosparso di cenere?

Ma sì, proviamo: tentar non nuoce.

19 NOVEMBRE 2001

NON CONSIDERARE LA FINE O IL PRINCIPIO DELLE COSE, SEGUI L'IMPULSO DELLA TUA ENERGIA, DELLA NUOVA VITA CHE SCORRE IN TE.

RICORDA: NON DEVI DECIDERE DI PARALLELI O DI SINGOLARITÀ, DEVI DECIDERE DI TE.

NON PREOCCUPARTI PER LUI, SOFFRIRÀ COME OGNI PERSONA PRIVATA DELLE SUE SICUREZZE, MA SEI TU CHE DEVI ASSUMERTI OGNI RESPONSABILITÀ.

GRADUALMENTE, MA CON DETERMINAZIONE, PORTA A TERMINE QUESTA OPERAZIONE DI DISTACCO: TUO MARITO LANGUE IN UNA SORTA DI AUTOCOMMISERAZIONE, LA STESSA CHE LO HA RESO SUCCUBE COME FIGLIO.

EVITA DI COLPEVOLIZZARTI PER ERRORI CHE NON DIPENDONO DA TE, MA ASSECONDA IL DESTINO CHE TI HA MESSO DI FRONTE A QUESTA PROVA.

ASCOLTA: LA VERITÀ È LA VIA PIÙ SEMPLICE, IL CAMMINO CON PIÙ LUCE. ABBI CORAGGIO, NON AVERE PAURA.

Già. Perché non ho ascoltato Gaia? Continuavo a farle domande e lei continuava a dare risposte.

Il tono era il solito, oracolare, con uno stile che a te avrebbe fatto venire il torcibudella. Ma il suo messaggio era chiaro, chiarissimo! Perché ho finto che fosse ermetico? Quali menzogne mi sono raccontata per fingere di non capire?

Perché mi sono convinta che lo scandalo fosse impossibile da affrontare? E che tu, Sofia, dovessi nascere in una palude di bugie? Così ti condannavo all'indigenza estrema, altro che alla sicurezza dell'agio.

Avrei dovuto avere fede nella mia parte pulita, poco ancorata ai beni materiali. Sì, figlia mia, non guardarmi perplessa: se fossi stata veramente attaccata ai soldi, non sarei finita senza una lira in tasca, da pezzente di talento (mica tutti riescono a impoverirsi in questo modo...). Ci puoi giurare.

Avrei dovuto prendere il coraggio a due mani, parlare con Edoardo, sentirlo complice nella lotta contro sua madre (Milly aveva reso il nostro matrimonio un incubo di maldicenze e sospetti).

Avrei dovuto affrontare il pubblico scherno che era di gran lunga più sopportabile della costante cattiveria dietro le spalle.

Avrei dovuto sostenere la separazione a testa alta, con la dignità di chi sbaglia e paga per amore (quindi non sbaglia e paga per l'unica cosa che ne valga la pena).

Avrei dovuto chiedere il minimo indispensabile per il mantenimento di Benedetta, salvando quello che di fecondo avevo creato con Edoardo.

Avrei dovuto credere in me stessa, nel miracolo della tua nascita. Tu, Sofia, arrivavi a sette anni di distanza da Benedetta, proprio come Emma sarebbe poi arrivata a sette anni di distanza da te. E Benedetta è nata il giorno 7, nel mese di luglio (7!) dell'anno 1965 (la cui somma delle cifre fa ventuno, sette moltiplicato per tre!). Come mi ha dimostrato con i suoi calcoli Bakul (che hai generosamente inserito nella lista dei miei amanti, peccato che fosse irriducibilmente gay), voi tre insieme componete il numero ventuno, la carta più bella del mazzo dei tarocchi. Quella del successo pieno, del completo coronamento dell'opera. E infatti siete il capolavoro della mia vita, la mia magica trinità.

Quale inganno mi ha trascinato via, lontano mille miglia dalla verità?

No, nessun inganno. Il destino voleva farmi compiere un lungo viaggio nel supplizio di un dolore inesauribile. Per inciso, l'unico capace di insegnarci qualcosa.

L'unico in grado di guidarci diritti nel posto dove dobbiamo andare, infine.

Randi guaisce e mi ricorda che deve uscire per la sua sacrosanta pipì. Lo so Randi, lo so: ma stai bravo a cuccia, tra poco arriverà Paco, svuoterà il bidone della spazzatura e ti porterà fuori.

Buffo eh? La mia corte dei miracoli si è ridotta a un bastardino e un filippino. Altro che arrampicatrice sociale.

Sofia, sei proprio sicura che la tua Clara Benares mi assomigli?

23 gennaio 2000

Oggi la mia faccia è orribile.

Non mi posso guardare. Quando sono arrivate tutte queste pieghe all'ingiù?

E queste borse sotto agli occhi?

E questi capelli stopposi e inariditi, sfibrati dalle tinture?

E questa pelle arida e sottile?

Perché nessuno mi ha avvisato, ricordandomi che il tempo della goduria stava per scadere?

La dicessero, la verità.

La smettessero i giornali e la TV *di illudere le donne, e soprattutto le donne belle.*

Loro sono le uniche ad avere l'intero appalto, onori e oneri inclusi, della femminilità.

Godetevi il decennio che precede i cinquanta, perché dopo è il Calvario Estetico. Un tracollo esponenziale senza possibilità di resurrezione.

Alt.

Mi sento male al solo pensare a quel che mi aspetta. Per sopravvivere devo trovare un escamotage.

Magari ricordare quanto ero bella.

Oddio, anche questo fa molto male, ma non ho altra scelta: quando il presente è terrificante ti tocca pentirti, riflettere sul passato.

Nelle pagine precedenti ho accennato al mio karma. Il mio pedigree è scarso, anzi scarsissimo. Un problema, certo, ma è compensato dalla mia faccia di bronzo. Che è stupenda.

Parliamone.

Essendo nata per prima, mi sono scelta il meglio: alla mia sorellina minore ho lasciato un compendio di qualità da orticaria. Un visino tutto rossori e pudicizie. Un animo ipersensibile. Un cervello saturo di intelligenza.

Sì, credetemi, anche l'intelligenza è un attrezzo inutile per il mestiere di sopravvivere. Per farsi largo nella giungla terrena occorrono scaltrezza e metodo. Scaltrezza e metodo.

Ovviamente fino a un certo punto del cammino, finché si è giovani o a distanza di sicurezza dalla vecchiaia. Ahi, mi viene il voltastomaco soltanto a immaginare ciò che mi toccherà passare. Perché dopo una certa età non c'è più pezza, non c'è più scampo.

Falliscono i furbi e i deboli.

I buoni e i cattivi.

I lungimiranti e i cretini.

Forse si salvano i santi. Per loro hanno inventato il paradiso.

Ma non perdiamoci nell'avvenire ultraterreno. È troppo incerto, per me.

Tuffiamoci nel conforto delle antiche glorie: con me Serena perdeva sempre ai punti. Era venuta al mondo per farmi rifulgere. Era una ragazza assai graziosa, per carità.

Ma il suo corpo acerbo non poteva competere con il mio, sensuale e provocante.

Aveva tanti pregi, sicuro, però un handicap terribile li annullava di botto.

Un esasperante senso critico le impediva di tentare il poker d'assi del fascino consapevole, che si monta la testa da solo.

Infatti io era la regina dell'autostima ben prima che andasse di moda.

Il senso critico mi faceva un baffo.

Io ero straordinaria, e bon. Ed era merito mio.

Ero ardita e scafata, e non avevo paura di dichiararlo a voce alta.

Oppure di dimostrarlo con il mio incedere imperiale.

L'ho sempre detto che l'ironia è una specie di radar al contrario. Fa fuggire i ricchi spasimanti e le migliori possibilità.

Dell'acutezza mentale a nessuno importa nulla. Tutti desiderano soltanto una cosa: imbrogliarsi ed essere imbrogliati sul proprio destino.

Io sì che avevo capito anzitempo la lezione suprema: chiedete (balle) e vi sarà dato (altre balle).

L'onestà intellettuale e la cortesia di modi occorrono ai dubbiosi e ai pavidi, a quelli che, ancorati ai loro scrupoli, si impantanano in un'esistenza anonima.

Il silenzio esige comprensione: mentre la riflessiva Serena taceva, io frastornavo chiunque con la mia garrula logorrea. L'argomento principale? Ma la mia eccezionalità, ovvio.

Già da giovanissima avevo scoperto il trucco dei trucchi. Mai confessare un difetto fisico, o un cedimento umorale.

Io sì che ero perfetta, l'unica ad avere la ricetta della felicità permanente in un panorama di depressi cronici.

Chi sa resistere alle promesse della felicità illimitata?

Nessuno, nessun uomo, per lo meno.

Così, all'inizio del cammino, ho sempre vinto su quella rompiscatole saccente dal nome rassicurante e dal carattere tetro.

Su quella fastidiosa moralista che mi scrutava perplessa.

Purtroppo la sua riservatezza iniziale si è trasformata negli anni in coriacea perseveranza da formichina che accumula sapere ed esperienze. Che elabora le delusioni nella cosiddetta forza di volontà (che schifo!).

Gli obiettivi che io divoravo con gli artifici, lei se li masticava lentamente, a fatica. E se li digeriva nella durezza del vivere.

Insomma, bisogna ammetterlo (tanto non mi sente nessuno): alla fine Serena si è forgiata una personalità dura e pu-

ra. Da un certo punto in poi, diciamo dai quaranta in su, nel confronto con lei ho sempre perso. Anche se piuttosto che riconoscerlo avrei venduto l'anima (che non avevo, ma che adesso debbo acchiappare in extremis) al diavolo.

Non me ne ha mai fatta passare una, la stronzetta. Tutta invidia e mancanza di obiettività.

Per esempio, che colpa ne avevo io se Alessio, il suo adorato ragazzo, si era invaghito perdutamente di me?

Potendo scegliere, lui ha scelto il meglio: il ragionamento non fa una grinza, mi pare. O no?

21 NOVEMBRE 2001

Ieri mi sono appisolata, poi mi sono addormentata di botto. Mi sono risvegliata adesso, dopo chissà quante ore di sonno. Che sensazione magnifica, mi sento fresca come una rosa di maggio. Soddisfatta come una poppante che ha ciucciato latte materno, come Randi quando trangugia la sua pappa preferita.

È pomeriggio o tarda mattina? Chissenefrega. Non debbo arrivare a nessun appuntamento stressante, non debbo frequentare persone importanti, non debbo vestirmi, pettinarmi né truccarmi. Una vera pacchia, l'indigenza.

Unico impegno, riprendere la chiacchierata che avevo iniziato con te.

I discorsi dolorosi richiedono un dispendio di energie incredibile. La sofferenza fa bruciare un sacco di calorie: vedessi come sono magra! Un figurino. Altro che la tua Clara Benares, con la sua taglia da tardona inquartata.

Ma basta scherzare, adesso.

Torniamo ai rimorsi: il principale, non avere affrontato Edoardo con sincerità, contando sulla sua comprensione.

Allora, non adesso, avrei dovuto venire a vivere in un piccolo appartamento come questo, due stanze e cucina, da giovane madre avventata e coraggiosa che non chiedeva nulla più di quello che le spettava di diritto.

Non si può esigere rispetto dagli altri, se non si ha rispetto di sé stessi.

Non si può pretendere la fiducia se si vive in balia della confusione.

Le nobildonne di Torino mi disprezzavano e mi schernivano proprio come Milly, la mia suocera nemica? Bene, avevano ragione: mi ero mossa come un'azzardata doppiogiochista, come una signora moralmente discutibile, senza però avere le qualità della cortigiana di talento, capace di passare con profitto da un letto all'altro. Una cortigiana di talento non si sarebbe mai innamorata di Giulio Agresti, uomo imprendibile, e per giunta tirchio da morire come tutti gli intellettuali.

Una donna furba, interessata ai beni materiali, si sarebbe tenuta stretta la debolezza cronica di Edoardo. Per avere la situazione in pugno al momento dell'eredità, per prendersi l'intero patrimonio Amendola, ovvero ciò che contava sul serio per Milly. Quella sarebbe stata l'unica vendetta possibile (altro che tradire il figlio). L'unica ripicca sublime contro chi aveva rovinato Edoardo senza rimedio.

Però mi chiedo anche: con una genitrice diversa, affettuosa e complice, mi avrebbe mai sposato, Edoardo? Avrebbe optato per un affare così loffio? Come vedi, il destino si diverte con i suoi bivi che portano a incroci arditi e a strade piene di buche, con le sue pittoresche giravolte che disegnano un quadro comprensibile solo alla fine, solo dopo averlo guardato da diverse prospettive.

22 novembre 2001

Che tu ci creda o no, tuo padre è stato il primo uomo con cui ho tradito Edoardo. Per almeno un paio d'anni, dopo la nascita di Benedetta, nonostante la presenza ammorbante di Milly e la sostanziale ignavia di suo figlio, mi sono sentita inossidabile nel ruolo di moglie e di madre, divertendomi a giocare alla regina della casa e dei salotti. Poi pian piano è subentrata la noia, una noia micidiale. Recitare la parte della signora bon ton, circondata da stoccafissi con la puzza sotto il naso, era diventato un lavoro forzato, e mi rompevo sovranamente le scatole senza avere nemmeno i contributi pagati. Chi lo avrebbe potuto immaginare che sarebbe stato più eccitante fare l'attrice disoccupata e *bohémienne*, la ballerina di seconda fila, la comparsa della pubblicità, persino la studentessa universitaria fuori corso?

Sapessi come sono felice che tu sia diventata una scrittrice, Sofia! Pazienza se mi hai usato come cavia... E penso che Benedetta abbia avuto una bella intuizione, trasformando quel mausoleo di Casa Azzurra in un bed & breakfast di charme. Per quanto riguarda Emma, l'ho spinta io ad andare a Londra, per seguire lo stage da sceneggiatori di fiction e perfezionare il suo inglese.

Per voi tre, ho sognato l'autonomia: a cadere nella tagliola dell'«ottimo matrimonio» ci si mette un attimo, per poi pentirsene tutta una vita.

Quando ho incontrato Giulio, ero la classica donna sull'orlo di una crisi di nervi, inquieta e tediata all'inverosimile. In sei anni avevo esaurito l'intero repertorio della giovine sposa borghese, tra estenuanti pomeriggi di shopping compulsivi e tè benefici, discussioni con arredatori d'interni e giardinieri esotici, massaggi snellenti, pensieri proibiti e sbadigli infiniti.

Ma il massimo dell'insensatezza consisteva nelle vacanze ad Alassio, tre interminabili mesi a Villa Olimpia.

Soprattutto l'estate prima del mio fatidico incontro con Giulio, che ho vissuto come un incubo raccapricciante: Milly si era piazzata per dispetto (e per l'intera stagione) al piano nobile della magione Amendola, relegando me, Benedetta e la tata nella zona della servitù. Ogni giorno di più masticavo amaro, e le mortificazioni mi rimanevano di traverso, nel gargarozzo.

Ai Bagni Sisto (i più esclusivi della cittadina ligure) l'adorabile suocera si era fatta riservare il consueto posto in prima fila, sottraendolo a me che retrocedevo in seconda, quella riservata ai parvenu. Pensa a che livello di bassezza si può arrivare: competere e soffrire per la disposizione dei posti assegnati da un bagnino, mica da un papa! Eppure ero ridotta così, e la mia esistenza di allora era talmente vacua...

A nulla erano valse le flebili proteste di Edoardo: mentre Milly veniva omaggiata dalle dame dai corpi flaccidi e dai visi aguzzi, io accentuavo la mia condizione di paria esagerando in stravaganza, mimando un'idea approssimativa di Venere del mare e diva del bagnasciuga. I miei costumi erano i più sexy, i miei parei i più sgargianti, il mio corpo il più abbronzato. Quanto di più lontano si potesse immaginare dal profilo sobrio praticato dalle clienti dei Bagni Sisto. Che, ovvio, passavano il loro tempo a sbertucciarmi tra loro, senza manco pagare il biglietto. Più che un'attrice priva di talento, ero un clown volenteroso e dedito ad allietare quelle malate terminali di noia.

Credo di essermi innamorata di Giulio prima per rabbia e poi per fatalità. Senza l'esasperazione di quell'orribile estate al mare (Benedetta mi ha visto piangere troppe lacrime, e ancora non me lo perdono), non sarei tornata alla grigia mondanità autunnale così bisognosa di rivalsa. Lì ho toccato il fondo della stupidità. Alle feste ballavo fino a notte fonda, ubriacandomi di champagne, complimenti e sguardi libidinosi. Giocavo con il fuoco convinta di non bruciarmi, mi perdonavo le innocenti trasgressioni ricordando le ingiuste torture patite in quel lager di lusso, in quel gineceo di racchie pettegole da cui i mariti scappavano a gambe levate. E infatti anche Edoardo mi veniva a trovare solo nei week-end, inventandosi beghe di un lavoro che in realtà non aveva, e che non avrebbe avuto mai (era forse un lavoro amministrare – male – un patrimonio che non aveva creato lui?). Comunque: lì è iniziata la vera crisi nel nostro matrimonio, in quei tre mesi si è aperta una voragine. E dentro ci siamo caduti tutti, colpevoli e innocenti.

23 NOVEMBRE 2001

Sai una cosa, Sofia? Ciò che gli esseri umani temono più di ogni altra cosa al mondo non è morire, ma rimanere orfani. Orfani di un'idea, di un'identità, di un progetto, di una persona.

Abbandonandomi, Giulio mi aveva privato di quello che credevo indispensabile al mio riscatto: crescere, realizzarmi (che brutta parola, e priva di senso. Ci realizziamo vivendo, che altro potremmo fare?) attraverso la professione giornalistica. Avevo iniziato a scrivere: che ti piaccia o no, mia cara presuntuosa, questo dono l'hai ereditato da me, non da tuo padre, uomo coltissimo ma arido come un legno secco.

Volevo ardentemente uscire dalla commedia della vanità per entrare nel dramma di una donna generosa, in grado di offrire amore, sacrifici, attenzioni.

Sputando sulle mie aspirazioni migliori, su ciò che credevo di poter costruire con lui, Giulio mi lasciava sul lastrico del mio ipotetico talento, nuda di fronte a un futuro che non sapevo più come affrontare.

Così, senza sogni e senza speranza, mi sentivo una mentecatta. Oppure, per usare un'espressione a te più congeniale, una barbona dei sentimenti. Per giunta una barbona incinta. Divertente, eh? Il senso dell'umorismo non ci è mai mancato: a te, forse, non è mancato mai da allora, da quando eri nella mia pancia di morta di fame. E di paura.

Non sapevo ancora, piccola mia, né potevo capire che solo con una perdita noi subiamo (sì, il verbo è questo: le cose migliori le subiamo, non le scegliamo mai) una crescita.

Non ci credi? Vedrai che questo ragionamento in apparenza tortuoso lo condividerai quando toccherai il fondo della sofferenza.

Lo comprenderai quando morirò, Sofia. Ed è una promessa di pace, non un presagio di guerra.

Te lo giuro su Randi.

25 gennaio 2000

Ammettiamolo. Un tot di pentimento potrebbe curare l'insonnia.

Mi ci sono messa di buzzo buono, con Alessio e Serena. Ho seminato zizzania all'interno della loro casta coppia, spargendo i profumati petali del mio sex appeal straordinario.

Avevo le mie ottime ragioni.

In fondo la mia dolce sorella minore non amava davvero il suo ragazzo, altrimenti si sarebbe presa la briga di andarci a letto.

Troppo facile campare da santarelline.

Troppo facile attribuire tutte le colpe a me.

Che colpa ne avevo io se Alessio era un ragazzo manipolabile?

Se apparteneva a una famiglia appetibile?

Se risultava l'unico partito interessante sull'opprimente piazza di Cernusco sul Naviglio?

Ci era finito per caso, ovvio: figlio di genitori separati, viveva da pendolare, sbatacchiato tra la depressione materna (lo credo bene, con quell'enorme cesto di corna pregresse sulla testa, povera donna) e il corroborante attivismo meneghino del padre, il polposo imprenditore teatrale Roberto Casiraghi.

Alessio era la mia unica chance per scappare via. Mi sarei fatta sposare da lui. Sarei diventata un'attrice famosa. La star delle star. Sicuro. Matematico.

Sarei diventata di tutto e di più, tranne che essere per sempre la moglie di Alessio Casiraghi.

Mica ci si può perdere in rimorsi, quando si ha un obiettivo in testa. E da giovani si è pieni di progetti, un motore turbo di possibilità esaltanti.

I rimorsi, semmai, riempiono le stanze dei vecchi. Qui all'ingresso ne arriva un fottio, ma io cerco di scacciarli subito.

Mica potevo stare a elucubrare sulle conseguenze delle mie decisioni, sul gambo spezzato di quel fiore immacolato di mia sorella. Che barba.

Tanto la loro storia non sarebbe durata, mi dicevo.

Tanto sarebbe arrivata un'altra più furba (di lei, non di me).

Quanto mi irritava, Serena. Pensava di ottenere tutto con la forza del suo amore (che presunzione!).

Non faceva calcoli di alcun tipo (che stoltezza!). E qualsiasi persona dotata di buon senso sa che senza calcoli non si va da nessuna parte.

Oddio, così pensavo allora, perché dopo una vita passata a calcolare adesso sono qui, a parlarmi addosso davanti a uno specchio muto.

Il quale mi ricorda che di straordinario non c'è proprio nulla, eccetto che per una donna bella invecchiare è un evento di straordinaria crudeltà. Amen?

26 NOVEMBRE 2001

Puntuale arriva la tua replica. Ecco la tua condanna secca, e inequivocabile: per una donna molto bella e molto ignorante, invaghirsi di un intellettuale è un classico (Marilyn Monroe insegna).

Forse, ma le cose non sono mai così semplici in amore, perché l'amore spariglia le carte, sovverte i piani, confonde i punti di vista. E può tramutare in maestosa tragedia l'intreccio più banale, la più abborracciata delle recite parrocchiali.

L'infelicità è una prerogativa femminile, e si trasmette come una malattia inevitabile di generazione in generazione. Credimi, le donne fanno miracoli con queste trasfusioni di dolore, e danno il meglio di sé con le viscere in tumulto.

Mi fermo qui. Pavento già il sorrisino ironico. Mai volare alto con te: il tuo sarcasmo spezza le ali.

Ti manca la pietas, Sofia, la capacità di entrare nelle ragioni e nei sentimenti degli altri.

Allora ascolta questa considerazione: in fondo l'unico personaggio veramente originale di *Diario straordinario* è Serena, la sorellina minore a cui avrei rubato il ragazzo. Gli altri sono soltanto caricature di quello che mi è successo nella vita, anzi, di quello che credi mi sia successo. Ti sei comportata da sanguisuga, come tutti gli scrittori: hai preso i pezzi della mia esistenza scombinata per farne un puzzle grottesco, come un vampiro hai morso il centro delle mie debolezze per trovare una morale della favola.

La tua opera tiene nell'insieme, anche per merito dello stile brillante, ma manca di pathos. I protagonisti si muovono a scatti, proprio come marionette in balia di una perfida burattinaia (che risulta troppo in gamba per essere anche così scema, non trovi?).

Siamo alle solite: se *Diario straordinario* l'avesse concepito una donna matura, nessuno avrebbe plaudito alla sua originalità. I critici avrebbero stanato le contraddizioni e le cadute di gusto, i manicheismi eccessivi e la rigidezza di fondo.

Ho perso di nuovo il filo del discorso (che sia un inizio di arteriosclerosi?): ah, sì, il personaggio più commovente del tuo libro è Serena, dove finalmente hai lavorato di fantasia. Infatti, non ho portato via nulla a mia sorella, semplicemente perché Serena (hai fatto bene a non cambiare il nome, se si vuole riprodurre la realtà tanto vale essere onesti) si è portata via da sola, morendo di una rara forma di leucemia all'età di tre anni.

Come hai fatto a scovare il bandolo della matassa, a intuire che il mio rifiuto di soffrire, la mia sfrenata voglia di divorarmi l'avvenire, la mia incapacità di impegnarmi sul serio, la mia intolleranza agli scrupoli, sono nati da quell'assurda ingiustizia? Dopo la morte di Serena la mamma non ha fatto altro che pregare e ricamare, e papà non ha fatto altro che rimuovere e scappare. La casa puzzava di stufati, di ceri accesi e di tristezza.

Ma non riesco più a parlarne, mi ha assalito un'angoscia insostenibile.

Ho la sensazione che il cuore stia andando di nuovo in tilt, schizzando fuori dal suo posto di comando.

Vado a praticare il mio yoga fai da te, con la posizione a squadra: per rimettermi in sesto devo respirare lentamente e profondamente, con la schiena aderente al pavimento e le gambe all'insù, incollate alla parete. Questo tecnica di rilassamento è un regalo che mi ha lasciato Ramón, il mio ultimo amante, quello con cui – secondo te, ma fatico a dissentire – avrei proprio toccato il fondo.

28 gennaio 2000

Non sono diventata la signora Casiraghi perché ho trovato di meglio.

La giovinezza è così. Un tripudio di opportunità da far girare la testa.

E se qualcuno si spezza il collo, affari suoi.

Ma procediamo con ordine.

Finita la scuola superiore, un istituto tecnico che ha acuito la mia avversione per qualsiasi incombenza pratica e la mia propensione all'ignoranza crassa, sono andata a vivere a Milano nella bella casa da studente agiato di Alessio.

Mamma Any non era d'accordo, ma papà era sempre via, e io ero molto determinata.

Serena mi scrutava con la solita faccia di chi ha capito tutto. Più che di Alessio mi importava assai del suo comodo appartamento nel cuore della metropoli.

Il primo anno è stato indimenticabile.

Recitavo la parte della moglie alternativa senza la rottura di scatole di esser moglie per davvero. Fingevo di frequentare l'università senza prendermi la briga di aprire una pagina di libro.

A letto davo il meglio di me, per ottenere fringe benefit a iosa.

Alessio era un cultore estremo del mio corpo.

Nel mio corpo si perdeva e si esaltava. Io mi concedevo o mi negavo senza un plausibile motivo. Lo tenevo sempre sulle spine, per ricordargli che comandavo io.

Ma il mio obiettivo principale era conoscere Roberto, suo padre, il noto impresario teatrale. Volevo diventare una star capricciosa, altro che la devota signora Casiraghi junior.

Un giorno luccicante ho raggiunto l'obiettivo. Ho finto di desiderare un riavvicinamento tra padre e figlio (Alessio, pieno di complessi di inferiorità, contestava il genitore in blocco) e ho allestito una cenetta al primo piano di via Boccaccio 3.

Ho comperato ogni pietanza in rosticceria. Con gli imbrogli si trova sempre la scorciatoia migliore. Senza perdere tempo a cucinare, avevo imbandito una tavola deliziosa (ho sempre avuto un gusto impeccabile), con fiori e piatti a tema. Mi ero vestita da dio, con un abito in velluto bordeaux che metteva in evidenza ogni forma, ma senza farmi apparire volgare.

Il trucco sapiente e leggero risultava quasi nullo.

Le parole da impostora uscivano perfette dalla mia bocca. Un incastro di strategie ben congegnate su due labbra da urlo.

Senza i sentimenti i piani funzionano, eccome. Per lo meno da giovani, per lo meno quando si è molto furbe.

E belle.

L'emotività ingarbuglia le carte del mazzo, mentre l'arrivismo lungimirante porta lontano.

A fine serata il solitario riuscì: Roberto, preso al laccio dalle mie strategie e dalle sue voglie, mi chiese come per caso: «Perché non passi dal mio ufficio? Siete giovani, vi voglio aiutare... una particina ti servirebbe... vi servirebbe per sbarcare il lunario».

Che ipocrita.

Del resto un uomo, quando vuole portarsi a letto una donna che gli piace, si inventa di tutto e si perdona di più. Anche tradire il figlio. Certo, ci vuole una complice ideale.

Anzi, straordinaria.

1° DICEMBRE 2001

«Non cercate la felicità, se la cercate non la troverete. Fate la pace con il momento presente. E se il momento presente prevede soltanto catastrofi non resistete. Ricordate: ciò a cui resistete persiste.»

Ho appena ricopiato queste parole. Interessanti, vero? No? Pazienza, non si può essere sempre d'accordo.

A me paiono sacrosante, in sintonia con la situazione attuale. Anche queste sono un regalo (pagato caro) di Ramón: provengono da *Pillole naturali contro il malessere esistenziale*, il trattato che ho pubblicato a mie spese nel 1993 (unico flop editoriale in pieno boom new age), pagandolo con una parte dell'eredità Amendola.

La sai una cosa, Sofia? L'inconscio vira sempre al nocciolo della questione. Infatti, quale sistema migliore per vendicarsi di Milly se non fondare una casa editrice chiamata Venti dello Spirito? E – visto a posteriori – quale sistema migliore per autopunirmi, riducendomi a farsa di me stessa, irridendo colei che sperava di rifarsi una vita con Giulio Agresti, l'editore più sofisticato del panorama italiano? Un'operazione imprenditoriale delirante, quella di Venti dello Spirito, che avrebbe soffiato via gli ultimi scampoli del solido (pardon, apparentemente solido) patrimonio Amendola.

Ma queste cose le conosci già, e le hai raccontate (ancora più perfidamente) nel *Diario straordinario.* Invece sei all'oscuro della mia tremenda ricaduta di ieri. Incredibile, davvero: pensiamo di avere toccato il fondo, di essere arrivati alla fine della buca, e siamo all'inizio dello scavo. Altro che uscire di casa, ho tante di quelle matasse da sbrogliare!

Parlare del tuo libro (a quanto pare non è bastato leggerlo) mi ha rigettato nello sconforto totale.

Del resto, anche il dottor Parisi, lo psicoanalista da cui ho smesso di andare dopo alcune sedute sempre più inquietanti, me lo aveva detto e ripetuto, che dovevo lavorare sulla mia esasperata propensione a rimuovere il dolore.

In effetti. Ho sempre cercato di tenerlo lontano il più possibile (prima da me e poi dalle mie figlie), e guarda il risultato.

Benedetta non fa che chiamare, ormai sospetta che il mio rifiuto di vedere chiunque sia legato a cause «straordinarie», e non estetiche. Paco se l'è trovata l'altro giorno sul pianerottolo. Meno male che l'ho istruito bene, e che ha imparato a memoria la lezione. E tu, Sofia, hai appena cominciato a scappare dai sensi di colpa (sei sparita da mesi) che ti perseguiteranno da qui all'eternità. Vorrei sbagliarmi, lo giuro.

Forse dal cataclisma si salverà Emma, quest'anno di studio a Londra è una manna dal cielo. Le scelte irragionevoli si rivelano sempre le più fruttuose, quelle che attirano i favori degli dei.

Oh, Emma, che voglia avrei di stare con te, di riposarmi nella tua allegria.

Già: perché non farlo? In fondo, nell'avamposto in cui mi trovo adesso ogni cosa è possibile. Anzi, mi correggo, ogni cosa sarà possibile domani. Ora sono stanca, troppo stanca. Davvero.

3 DICEMBRE 2001

Dove eravamo rimaste, Emmi? Sai che sono stata male, malissimo? Si vede che ne avevo bisogno, che era necessario. Ma non preoccuparti, piccola, continua a ballare, a studiare, a passeggiare nei parchi, a fare shopping nei mercatini delle pulci.

Che bello chiacchierare un po' con te, e lasciare da parte la tensione che mi lega a Sofia.

Ti vedo sai? Sei sorridente e carina da morire, con la minigonna, le calze colorate e quel baschetto sulle ventitré. Ti immagino mentre cinguetti con gli studenti per i vialetti di Holland Park, o mentre flirti con gli inservienti del pub con quella seduttività naturale che ti rende irresistibile senza essere mai sfacciata. Ignara di ogni malizia e di ogni guaio terreno.

Ignara dell'ordigno esplosivo chiamato *Diario straordinario.*

Ignara del successo amaro che sta travolgendo tua sorella e disintegrando me.

Ignara del fatto che con te sto spendendo gli ultimi soldi che non ho.

Ignara della decisione che ho preso da tempo: andarmene senza salutarti, per risparmiarti la pena della mia dipartita.

Per quanto ancora potrò proteggerti, pulcino mio?

E mi perdonerai se ancora una volta ho scelto per te, tentando di prolungare la favola?

Lo so, non ti ho chiesto il permesso, proprio come ho fatto con tuo padre quando ho voluto concepirti. Di questo secondo inganno non mi sono mai pentita, né di aver approfittato di quel breve ritorno di fiamma.

Milly aveva appena chiuso gli occhi per sempre e Edoardo sembrava finalmente sereno, come sollevato da un peso enorme. Non so chi l'ha detto, ma il ciclo dell'esistenza esige l'arrivo di una nuova nascita per seppellire meglio i suoi morti. Così, per l'ennesima volta facevo varco nella debolezza di tuo padre, lo convincevo del fatto che sarebbe arrivato l'atteso erede maschio (mentre io desideravo ardentemente un'altra figlia femmina). Ma di quella forzatura vitale non smetterò mai di ringraziare il cielo. Da quell'ultima botta di entusiasmo sei nata tu, Emma, e sei venuta fuori piena di fiducia, al limite dell'incoscienza.

Al telefono ti ho detto che sono leggermente depressa: la depressione tranquillizza tutti, è un malessere contemporaneo, socialmente accettato. Si ingoia una pillola e si placa ogni magone. Solo qualche disperato di talento si spiaccica a terra dopo un volo dal quinto piano.

E poi tu mi ami così come sono, Emmi, leprotto mio adorato. Certo, pensi che sono un po' fuori di testa, ma tu hai questa leggerezza inaudita, questa assenza di giudizio che ti rende speciale.

Che buffo: io, la più catastrofica delle madri, ho fatto tre figlie straordinarie. Non esiste una donna più buona di Benedetta né una più intelligente di Sofia, né una più libera di te, Emma. Siete nate a sette anni di distanza l'una dall'altra, siete la dimostrazione vivente che esistono le stelle e le date migliori, in grado di accaparrarsi i favori degli dei. Okay, ti risparmio la tiritera astrologica e pure i calcoli numerologici di Bakul, anche se sei l'unica che ha sempre accolto con gioia (e curiosità) le mie «teorie volatili» (come le chiama simpaticamente tua sorella Sofia).

Tu mi hai sempre accettato, mi hai sempre considerato una pazzerella innocua, anzi, divertente.

Non voglio lasciarti nella tristezza, non voglio smettere di recitare la parte da te preferita.

Tranquilla, tesoro, a furia di immedesimarmi nella parte non sono diventata una matta, una malata di mente. I veri malati di mente stanno altrove. Spero che lo scoprirai con il minor dolore possibile.

Ma è possibile un dolore minore?

6 DICEMBRE 2001

Emmi, senti un po' questa: «L'avvilente commedia della mediocrità trasformata in tragedia della vanità». Suona bene, vero? E secondo te chi l'ha scritto? No, non ti sforzare, non sei tenuta a saperlo. Non devi andare lontano. L'ha scritto tua sorella Sofia, ed è l'interpretazione che ha dato alla mia esistenza, passandomi nel tritacarne. Però, a parte lo shock iniziale, sono ancora qui viva e vegeta, capace di intendere e di volere. Quindi ribadisco forte e chiaro una cosa. La mia vita può essere stata un compendio di errori catastrofici e di passi falsi, ma l'esegesi di Sofia è peggio, è un abbaglio enorme, una sintesi così riduttiva da risultare imbarazzante (e non solo per me). Angusta e buia, come tutto quello che proviene solo dal cervello.

Povera Sofia, trasuda da tutti i pori intelligenza, sarcasmo e battute folgoranti. Ma porta sulle spalle un fardello pesantissimo, un'ossessiva identificazione con la mente che le preclude ogni possibilità di pace. Mi ha sempre giudicato, e ha sbagliato sempre. Non perché io sia migliore della sua Clara, o meno ridicola, o più in gamba. Semplicemente perché sono diversa. E il mio fallimento totale (il suo punto di vista) è stato altro, ovvero la somma delle esperienze di cui avevo bisogno per arrivare fin qui.

Ti stai già distraendo, Emmi? Temo di sì, di rado riesci

a concentrarti a lungo. Allora la pianto subito, ne approfitto per riposarmi un paio d'ore, magari per tornare a dormire. E tu riprendi a cinguettare, a giocare, a ballare (anche a studiare, ma con moderazione, rimanda le materie faticose all'età adulta).

Adesso prendo le gocce che mi ha prescritto il medico, ho aumentato la dose, del resto da drogata scrivo e ragiono meglio. E poi, anche se sto fuori con la testa, chi mai se ne potrebbe accorgere? Che nirvana, l'isolamento! Che estasi, la mancanza assoluta di doveri!

9 DICEMBRE 2001

Ormai dormo di continuo: la mia mente è serena, ma un po' annebbiata. Per esempio, non ricordo chi ha detto: «Le parole sono farmaci. Alcune infondono coraggio e forza, altre avvelenano l'anima e la stregano...».

A te che cosa ti cura, che cosa ti placa, bambina mia? Sono sempre più preoccupata per te, Sofia.

Dove ti incamminerai tra poco, quando avrai visto il panorama desolato che si scorge dopo essere arrivati in cima da soli e troppo in fretta?

Che sforzi dovrai compiere con tutta quella zavorra di riserve mentali e di giudizi impietosi?

E il successo esagerato che stai ottenendo, quanti timori aggiungerà al tuo bagaglio già pesante? Perché avere successo rende schiavi degli altri e delle circostanze, mentre essere di successo è una fusione gioiosa e serena con gli altri (e con le circostanze).

Smettila di ridere, piantala di ridicolizzare le mie intuizioni, i miei presentimenti.

Il discorso è più complesso del prevedibile, e richiede una pazienza che non ho, per lo meno che non ho più qui, con te. Preferisco rimandare la cosa altrove.

Ma ricorda: l'unica passione che non svanisce nel tempo è quella che ci fa ricercare una verità lontana e molto diversa da quella che avevamo immaginato.

Finora non ho fatto che cadere, rialzarmi, e poi cadere

di nuovo. Ma nel posto dove sto andando non sono previsti ruzzoloni né abbagli. Nessun morto e nessuna rinascita. Lì troverò l'incantesimo della comprensione ultima, lì spezzerò il sortilegio degli amori sospesi e irrisolti.

Te lo prometto: noi due ci perdoneremo tutto, e senza bisogno di ribadire nulla.

29 gennaio 2000

Per quasi due anni sono andata avanti così. Entravo e uscivo dai letti della famiglia Casiraghi. Erano molto diversi, in ogni senso.

In realtà stavo assai meglio in quello della garçonnière *di via Solferino.*

E non solo per la maggiore esperienza (sto usando un eufemismo) del genitore rispetto al figlio.

La parte dell'amante clandestina mi riusciva benissimo. Mi esaltava dalla radice dei capelli ossigenati, tinti di un color oro intenso da autentica diva, fino alle unghie laccate dei piedi.

Raccontare bugie, illuminare il grigiore quotidiano, snocciolare storielle, ordire intrighi era più facile che studiare copioni.

Non ho mai avuto memoria.

Sparavo balle con una certa integrità mentale, scambiandole per ciò che mi faceva più comodo.

Non sono mai riuscita a ricordare una battuta. Una barzelletta. O meno che mai una poesia.

Il teatro iniziava a starmi stretto, con i suoi riti scaramantici e le sue prove barbogie.

Un movimento così, un altro cosà. Di grandioso, in quel contesto asfittico e precisino, c'era solo il mio nome d'arte, Clara Benares.

Clara Benares, un suono che mi incanta ancora adesso quando lo sussurro strascicando la esse finale davanti allo specchio. Sì, con quel nome d'arte sarei potuta andare lontano.

E se avessi insistito un pochino sarei diventata famosa, un'attrice di cinema. Sarei apparsa sulle copertine delle riviste. Sarei stata invitata ai varietà e ai festival. Avrei presieduto alle inaugurazioni importanti e ai party mondani.

Avrei prestato il mio volto e il mio corpo alle réclame dei prodotti di bellezza più costosi e raffinati.

Purtroppo, sono sempre stata incostante, alla mercé di una stuffia repentina dietro l'angolo. Avevo pochi contatti (chiamiamoli così) e tutti in ambito teatrale.

Un disastro.

Mentre risplendevo tra le lenzuola di seta color porpora dell'alcova, arrancavo sulle dure tavole del palcoscenico.

Traballavo.

Inciampavo.

Non ero straordinaria.

Ero «una delle peggiori cagne in circolazione» (l'avevo sentito biascicare tra i denti da Felice Macchi, l'odioso regista isterico omosex). Che smacco. Che rabbia. Che barba.

Non l'avrei mai ammesso (e infatti non l'ho mai ammesso), ma ormai avevo capito una cosa: non possedevo il benché minimo talento per la recitazione intesa come professione.

Ero strepitosa a recitare nella vita.

Campavo di espedienti. Ideavo meriti inesistenti. Architettavo sontuose dimore senza fondamenta. Risucchiavo le energie e i portafogli altrui.

Roberto aveva il braccino corto, per non dire monco: si sdebitava delle mie prestazioni eccellenti con minuscole parti, con ruoli inessenziali.

Nella compagnia le donne iniziavano a detestarmi per invidia e per ripicca. Gli uomini perché andavo a letto con il padre, con il figlio e mai con lo spirito santo (loro stessi).

Dovevo escogitare un nuovo piano d'attacco.

Lo sapevano anche i muri che Clara Benares lavorava grazie ai favori di Roberto Casiraghi.

Lo sapevano anche i miei genitori che all'università non ci andavo mai.

Lo sapevo anch'io che sposare Alessio sarebbe stato un autogol mostruoso: un ragazzo tonto fa comodo per cornificarlo, ma un marito tonto come ti mantiene?

Inoltre non sopportavo più lo sguardo tagliente di Serena ogni volta che tornavo in famiglia. Ogni volta che raccontavo le occasioni speciali capitate per caso alla favolosa Clara Benares. Lei mi squadrava e accanto alla sua testolina boriosa si palesava una specie di nuvola dei fumetti con la parola «vergogna». Dentro la nuvola si scorgeva una signorina nuda come un verme passare dalle braccia muscolose di un ragazzo adorante a quelle flaccide di un vecchio distratto.

Che fantasia tarata dal moralismo.

Che gramizia bacchettona.

Dovevo vendicarmi di lei e di tutti gli stronzi come lei (quando ci vuole ci vuole).

Tutti quelli che osavano dubitare delle mie panzane ingegnose.

Dovevo trovare la soluzione globale, tentare il colpo gobbo.

Dovevo incastrare un pollo plurimiliardario. Ma incastrarlo sul serio, con tanto di abito bianco, velo di pizzo e strascico chilometrico. Un modello stile impero, il preferito dalle spose che debbono occultare un provvido bebè in pancia.

La necessità aguzza l'ingegno.

Infatti.

Una mattina mi sono svegliata alla solita ora, verso mezzogiorno. E ho trovato la soluzione stregata.

Non mi servivano poetici scenari immaginari.

Mi serviva un prosaico contesto concreto. Non avevo bisogno di raccattare piccole parti.

Avevo bisogno di accalappiare un grande cretino. Uno che si bevesse, con encomiabile masochismo, la coppa al fulmicotone delle mie fandonie.

Per esempio, che avrei abbandonato una promettente carriera artistica per amore.

Per esempio, che avrei sacrificato un talento raro per entrare nel virtuoso status di moglie e di madre.

Perché i figli, solo i figli, sanciscono la posizione sociale.

E soprattutto garantiscono l'assegno per alimenti in caso di divorzio.

Quando si cercano con furbizia e raziocinio le soluzioni, ecco che arrivano leste, abbracciate con il caso. Anche se, lo devo ammettere, non avrei mai immaginato che proprio Torino, così fredda e chiusa, mi avrebbe imbandito un banchetto principesco, in grado di placare la mia fame da arrivista insaziabile.

A pensarci adesso, la spiegazione è semplice. La città sabauda era un ibrido irrisolto di provincia e metropoli. Un fritto misto di complessi di inferiorità e di atteggiamenti ultrasnob. Un coacervo di contraddizioni che si sposavano per incanto alla causa della mia cialtroneria.

Perché l'idea di seppellirmi in un buco di paese mi procurava i conati di vomito. Pur dovendo riconoscere che Milano si era rivelata un osso durissimo anche per una lenza come me.

La ricordo come ieri, quella serata celestiale.

Alla fine dello spettacolo (di cui ho dimenticato il titolo e l'autore), in una trattoria accanto al teatro Carignano nota per ospitare gli artisti tiratardi e i playboy sfaccendati, si era presentato Dodo Vendola in compagnia di un gruppo di amici vitelloni.

Era lo scapolo d'oro del capoluogo piemontese. Era apparso (con tanto di foto) in un articolo dedicato ai partiti più ghiotti d'Italia. Figlio del ricchissimo industriale degli elettrodomestici e della nobildonna Valeria Sclavi, era campato fino a quarant'anni suonati illudendo una folla di rampolle aristocratiche e altoborghesi.

E io, che del femminismo me ne ero sempre strasbattuta, ardevo dal desiderio di vendicarle.

A una a una, in nome della tanto millantata e sopravvalutata solidarietà tra donne.

11 DICEMBRE 2001

Oggi non ce l'ho fatta più e ho gettato nel bidone della spazzatura il tuo *Diario straordinario.*

Stanotte non riuscivo a dormire così ho riletto alcuni passi, compreso quello in cui raccontavi per filo e per segno il mio piano preventivo per incastrare Edoardo. Con tanto di bebè in pancia. Era troppo. Karma o non karma.

So che vai in analisi da tre anni e in linea di massima non ho nulla in contrario. Ma ricordati che ne ricavi solo l'osservazione su di te. Non sei tu. È forma, non sostanza. E quello che hai osservato, o creduto di osservare, di me e di Edoardo (il tuo finto padre che in fondo ti ha fatto da padre, non dimenticarlo mai) è una proiezione tua.

Quando la smetterai di coprire il mondo con le tue etichette, scoprirai un sacco di tesori imprevedibili, forse che sono stata una madre che ti ha amato al limite dell'indecenza, contro ogni ragione.

Non ho mai pensato di sbarazzarmi di te, mai, nemmeno quando Giulio mi ha detto che non eri figlia sua, nemmeno quando ho intravisto il dubbio e forse l'odio negli occhi di Edoardo.

Comunque, mi chiedo: che cavolo di lavoro ha fatto quel dottore con te? Sei dipendente dal rancore e dalla rabbia come dall'eroina. Possibile che tu non abbia trovato una cura efficace per disintossicarti, almeno un pochino?

Mi hai sempre percepito come nemica. Hai sempre stanato come un giustiziere implacabile i miei imbrogli. Okay, hai fatto un ottimo lavoro, lo ripeto. Ma sei giovane, datti una mossa, per una volta, cambia obiettivo o prospettiva. Prova a capirmi se non a perdonarmi, prova a dimostrarti superiore, o a metterti nei miei panni. Vedrai che dopo ti sentirai meglio.

Si rischia sempre di assomigliare a quello contro cui si combatte. Hai sempre combattuto contro le falsità della nostra famiglia, e avevi le tue buone ragioni. Ma ora non mentire a te stessa, ammetti che il casino nato da *Diario straordinario* è una prova micidiale soprattutto per te.

Stai alla larga dalle tue sorelle e da me come un kamikaze imbottito di ordigni esplosivi: siccome non sai come disinnescarli, preferisci esplodere in solitaria, per evitare ulteriori danni.

Ricorda, Sofia: ogni cosa contro cui resistiamo, persiste.

Prendi me. Ho lottato per una vita contro il complesso della piccoloborghese che è entrata di straforo in un ambiente non suo, e per una vita mi sono fatta trattare come una mentecatta da tutti, persino da te.

Ma adesso, con Randi e Paco, serafica e quieta in questo bilocale da poveraccia, sul mio letto sfatto e col materasso sfondato (e senza nemmeno il tuo *Diario straordinario* sul comodino) mi sento come un topo nel formaggio.

E quelle gocce, che nirvana, che soluzione formidabile. Non ricordo se devo prenderne venti, trenta, quaranta, o cinquanta. Hai ragione, sono sempre stata approssimativa e superficiale. Ma le consiglio con affetto (e in dose massiccia) a tutte le donne sopra i cinquantacinque anni (dopo i sessanta, le berrei a canna).

Perdo di continuo il filo del discorso, ma che importanza ha? Adesso sono stanca. Ho di nuovo sonno, mi sa che giro la testa e mi rimetto da dormire.

13 DICEMBRE 2001

Quanto tempo è passato dall'ultimo giorno in cui ti ho parlato? Ho perso il conto, sono in uno stato di dormiveglia costante. Meglio che fare l'amore, sonnecchiare. Godersi il riposo è più facile che godersi il sesso... Però ho appena riletto l'ultima pagina che ho scritto e mi accorgo che non va bene. Ti ho fatto la paternale, e da che pulpito? Tu non sei colpevole di nulla (del resto c'è qualcuno che è davvero colpevole di qualcosa? Siamo tutti innocenti, forgiati da un caso bislacco).

Sono stata così infelice quando eri nella mia pancia, Sofia. Avevo perduto tutto: Giulio mi aveva detto senza tanti giri di parole che non avrebbe mai lasciato sua moglie (una gran dama) per mettersi con me (una gran sciacquetta?). E la situazione in casa era tesissima: Edoardo era troppo esausto per affrontare una verità che sospettava; troppo vile per sostenere uno scandalo pubblico; troppo sfinito dalla cattiveria di sua madre per sopportare altre dosi di sarcasmo in aggiunta alla solita litania («Te l'avevo detto o no che era una zoccola?»). In apparenza mi aveva perdonato, ma l'umiliazione e lo scandalo avevano inasprito i suoi difetti, la sua arroganza di casta, il suo disprezzo per le mie umili origini. Forse non sapeva che non eri sua figlia, ma di certo sapeva di odiarmi, e di odiare anche Milly con le sue intuizioni profetiche... e magari, nel dubbio, sentiva di odiare pure te, il prodotto non richiesto di un dubbio lacerante.

Come posso attribuirti delle colpe, Sofia? Tu sei figlia del mio esaurimento nervoso, tu sei nata da una malattia, e per sopravvivere hai dovuto combattere come un'ossessa. Hai aperto gli occhi in un ambiente che ti rifiutava, e per non morire soffocata hai iniziato a demolirlo, pezzo per pezzo. A pensarci bene, chi può darti il benché minimo torto?

14 dicembre 2001

Stanotte mi sono svegliata all'improvviso, come se una lampadina si fosse accesa nella mia mente. Ho trovato un ulteriore tassello al nostro supremo fraintendimento, a quel cerchio d'amore che a un certo punto si è spezzato per non ricomporsi più. L'Alessio che l'orrida Clara Benares soffia alla sorella minore non è Alessandro, il mio primo fidanzato. In fondo che cosa te ne importava se lo avevo lasciato per mettermi con un partito migliore, cioè con tuo padre, pardon, con il tuo presunto padre? La scorrettezza altrui ci scandalizza solo quando la parte lesa siamo noi. La perfidia altrui ci colpisce solo quando a subire il danno siamo noi.

Sì, adesso è tutto chiaro, chiarissimo: si chiamava Alessio il primo ragazzo che ti ha fatto innamorare. E soffrire. Il luogo del delitto? Tanto per cambiare i Bagni Sisto, l'epicentro di tutte le situazioni esacerbate. Tu credevi (o speravi, che è la stessa cosa) che flirtasse con te, e lui invece corteggiava me.

Si chiamava Alessio Bussey. Pazzesco, l'ho rimosso per lustri e d'un tratto compare proprio qui, quel mezzo tappo impomatato, quel damerino in erba teso a sembrare più vecchio della sua età (al tempo del misfatto doveva avere diciassette o diciotto anni). Girava sempre con un fascio di quotidiani sotto il braccio, si atteggiava a uomo di mondo e a raffinato intellettuale. Che strazio. Stava ore e ore a leggere all'ombra, oppure a giocare a scacchi con Augusto Levy, il componente meno dotato di quella famiglia di scrittori e di artisti che venivano al mare solo nel tardo pomeriggio (quanto li ammiravi Sofia, forse avevi deciso già allora che saresti appartenuta a quella razza infelice). Normale che quel ragazzino così diverso ti piacesse, naturale che ti fossi invaghita del suo pallore da poeta e dei suoi ficcanti occhi turchesi. Incredibile: davanti a me, come se fossi al cinema e avessi pagato il biglietto per soffrire, scorrono i frammenti di quel giorno fatale. Evidentemente non solo le bugie, ma anche i rimorsi arrivano a galla, come salme dispettose.

Che anno era? Credo il 1986, io avevo quarantadue anni e tu dovevi ancora compierne quattordici. Tu viaggiavi nel pieno dell'insicurezza adolescenziale, io arrancavo nell'età in cui la stupidità femminile si esibisce al peggio, quella in cui si sente sfuggire la giovinezza e la si vuole riacchiappare con ogni artificio. Ero a caccia di conferme e di complimenti come un'accattona, civettavo con gli amici di Benedetta, indossavo abiti e costumi troppo succinti, inadatti ai miei fianchi morbidi, allargati da tre gravidanze. Per convincermi che ero ancora uno schianto di donna, invece di impermalirmi per i commenti volgari, li accettavo come il cibo salvifico per una morta di fame.

Sicuramente anche Benedetta si vergognava di me, ma per te, adolescente, debbo essere stata la Madre Indegna Per Eccellenza. Mi vengono in mente parecchi episodi sconvenienti ma il peggiore è quello in cui esci dalla nostra cabina (la numero 10, quella d'angolo, la più ambita della spiaggia) tutta orgogliosa del due pezzi a quadretti bianchi e azzurri che ti ho comperato e convinto a indossare.

Chissà quanto ti è costato vincere la tua timidezza, scoprire quelle forme che ti hanno sempre fatto dannare per la loro imperfezione (ma sapessi che supplizio, osservare la propria bellezza sfregiata dal tempo: come vedi la giustizia è circolare, e c'è in misura maggiore di quello che presumiamo noi). Ti avvicini sorridente, speranzosa che Alessio sia lì per te, per una volta appari sicura di te stessa, e forse mi percepisci addirittura come una mamma complice, che ti ha spinto a fare la cosa giusta, a osare per amore.

«Sofia vieni qui... Sei un incanto con questo costume... Avevo ragione sì o no?»

«Quel costume sarebbe perfetto per una dea del mare, una dea come lei, signora...»

Ecco che cosa mancava. Quella ridicola erre con cui Alessio Bussey aveva pronunciato «pevfetto», «signova», «mave».

Se non fosse che da lì è iniziata una tragedia, ci sarebbe da ridere di quella commedia degli equivoci, di quel ridicolo ragazzino bravo a dire la cosa sbagliata al momento sbagliato e alla persona sbagliata.

Perché non l'ho preso a schiaffi o a calci nel sedere? Perché non ti sono corsa dietro quando sei scappata via proferendo una delle tue sentenze senza appello (quella sì che l'ho rimossa, forse era davvero insostenibile, la prima dichiarazione di guerra totale, e senza prigionieri sul campo).

Comunque non ho scusanti. È vero che quello sciocco dandy in pectore non ti avrebbe guardata lo stesso (eri troppo intelligente per lui), ma non avrebbe dovuto permettersi di parlare così a tua madre, a una madre. L'errore era a priori, ed era causato da un comportamento sbagliato a priori. Io non incutevo rispetto. Io raccoglievo quello che chiedevo. Stupide smancerie per blandire un ego ancor più stupido, che stava iniziando ad andare a rotoli.

Ma ora posso consolarmi con una constatazione: tutto il rispetto che non ho raccolto io, lo stai raccogliendo tu. Lo ripeto: la giustizia è circolare, e c'è in misura maggiore di quello che presumiamo.

16 dicembre 2001

Mamma, ci sei? Ho bisogno di parlare con te, di fare un po' la figlia anch'io.

Annamaria, mi senti? Il baratto falso è iniziato lì: quando ho sacrificato la mia natura libera all'idea astratta che sposare Edoardo Amendola sarebbe stato un grande affare. Un'occasione imperdibile per una come me, nata a Cernusco sul Naviglio (proprio come ha perfidamente raccontato per filo e per segno Sofia), da una mamma casalinga e da un papà felice del suo lavoro di rappresentante di stoffe.

Annamaria, sono sicura che adesso ci capiamo, che adesso siamo vicine: c'era tanta saggezza nel tuo quieto lavoro domestico. Amavi pulire e far risplendere ogni cosa, forse perché, da quando Serena se n'era andata via, tu eri rimasta al buio. C'era tanta intelligenza nella tua apprensione da persona semplice: non ti ho visto gioire alla notizia del fidanzamento con Edoardo, anzi, ho scorto un'aria tesa, preoccupata. Che ho male interpretato. Figuriamoci. Ho addirittura sospettato che fossi gelosa della mia fortuna. Ma come fa una madre a essere gelosa della fortuna della propria figlia?

Lo comprenderai anche tu, Sofia: io sono orgogliosa del tuo talento, e ne apprezzo ogni sfumatura, nel suo lucente scintillio. Eppure sono anche in ansia per le conseguenze di questo consenso esagerato, che temo rafforzi la tua aridità, la tua mente fredda. Al caldo si sta meglio, e te lo dico dalla mia cuccia, dentro il mio caldo lettuccio cosparso di peli di Randi.

E tu, babbo, mio caro babbo, ti stavo già dimenticando? Sei sempre stato in minoranza nella nostra famiglia, due donne (più il fantasma di Serena) contro un uomo solo. Papà, quante volte ti ho mortificato? Mi vergognavo a invitarti a Casa Azzurra (e a Villa Olimpia non ero padrona di nulla), trovavo imbarazzanti i tuoi completi della domenica, confezionati da un sarto di paese; le tue cravatte chiassose; il tuo smaccato accento brianzolo: quanto sono stata sciocca, e ingenerosa! Quanti svarioni imperdonabili ho fatto? Ma voi due siete già lì, nel paradiso degli amori sospesi, beati tra i poveri di spirito, signori del regno dei cieli (e, a ben vedere, anche della terra).

State chiacchierando con Serena? E Alessandro sta seduto in mezzo a voi? Lo so, lo amavate molto, proprio come lui amava me. Era lui che desideravate per genero e quando l'ho lasciato per tentare la carriera d'attrice avete sofferto parecchio. Ma siete stati zitti, discreti come sempre. Non capivate la mia ambizione che esigeva «altro», ma la rispettavate.

Comunque. In ogni caso, per me non era stato scritto un destino lieto: Alessandro è morto giovane, come dicono che succeda sempre alle persone migliori.

Di sicuro avrete incontrato anche Edoardo e Milly, che adesso vanno in giro tenendosi a braccetto, sorridenti come una madre e un figlio qualsiasi, appagati come non sono stati mai. Di sicuro avrete fatto pace con loro, che vi avevano dichiarato guerra senza un appiglio, senza nemmeno chiedervi un parere, altro che il permesso. Vi sarete chiariti con garbo, con quelle buone maniere di cui voi (e non loro) eravate i sacerdoti silenziosi.

18 DICEMBRE 2001

Oggi mi sento più sveglia del solito: che siano gli ultimi barlumi di lucidità che precedono il tracollo? Mah, sia quel che sia.

Se rifletto sulla mia storia, deduco che mi sono mossa come un camaleonte incompetente che cerca di mimetizzarsi nell'ambiente in cui vive ma, essendovi del tutto estraneo, combina un sacco di pasticci.

I valori della ricca borghesia torinese erano quelli dell'autoconservazione, della negazione delle sue componenti più vitali e innovative, della rinuncia in partenza a qualsiasi guizzo di fantasia. Nessun profilo alto nel vestire o nel ricevere in società, nessun discorso significativo o almeno sincero nel parlare di sé stessi, nessun atteggiamento progressista, e non solo in politica, ma neppure nella sfera privata. In definitiva, il contrario di ciò che ero io. Espansiva, spericolata, consapevole della mia bellezza e contenta di ostentarla. Sicura di me stessa e del mio talento per pilotare il destino dove volevo. Proprio come avevo fatto con Edoardo Amendola Scalzi Toesca.

Povera me! E povera Milly! Aveva storto il naso quando Edoardo aveva portato a casa signorine miliardarie con un albero genealogico da semibuzzurre; aveva alzato gli occhi al cielo quando si era parlato di fidanzamento con fanciulle aristocratiche ma prive di un allettante patrimonio finanziario e immobiliare. Si era opposta a cantanti liriche e stiliste parigine, a ballerine della Scala e a principesse del foro... per cosa? Per ritrovarsi tra i piedi una paesana quadra senza una lira che se la tirava da diva. Per giunta, incinta. Possibile che il suo unico erede si fosse rimbecillito, al limite del plagio, dietro una Chiara Benatti qualsiasi?

Come Milly ha pronunciato il mio nome (proprio con palese disgusto), me lo ricordo ancora: «Chiara Benatti... figlia di Benatti, il famoso magnate dell'acciaio? Parente? No? Strano, di Benatti non me ne vengono in mente altri...».

Dio, che perfidia. Quella improbabile parentela illustre era la ciliegina sulla torta per sancire che lei mi aveva sgamato, che conosceva a menadito le mie origini e me le avrebbe rinfacciate per l'eternità.

Però riesco solo a ricordare i flash delle sue malefatte, non riesco più nemmeno a ricordare i tratti del suo volto, figuriamoci a odiarla. Questo è il destino dei cattivi, diventare trasparenti con la morte.

Ho smesso di avercela con Milly tanto tempo fa, quando ho scoperto la mole della sua infelicità cronica, e tutta la solitudine che si celava dietro quella pompa asfittica. Nessuna crudeltà reca soddisfazioni durature, perché il cinismo nuoce a chi lo pratica, non a chi lo subisce.

Chissà perché si crede che i buoni siano sempre dei fessi. Semmai è vero il contrario: non si è mai così furbi da scegliere la bontà integrale. Avrei dovuto rimanere passiva di fronte alle angherie di Milly, avrei dovuto incrociare le braccia e le gambe in una posizione yoga. Così avrei salvato il mio matrimonio con Edoardo, mi sarei goduta appieno le dolcezze della prima maternità con Benedetta, Sofia sarebbe stata la figlia del suo vero padre ed Emma l'ultimogenita di un nucleo indivisibile, allegro e felice...

Ma cosa sto farneticando? Con i se e i ma si raccontano le storie di una vita ipotetica, mentre Milly era quel che era, cioè quel che poteva essere. Una megera che si esaltava a denigrarmi e a tendermi trabocchetti. Passava il tempo a inventarsi amanti che non avevo, e, anche se poi li ho avuti, non è stato certo per fare dispetto a lei. Quando mai l'amore può essere un dispetto? Perché all'inizio io Edoardo lo amavo sul serio (o credevo di amarlo, che è la stessa cosa). Ero grata delle possibilità che mi aveva offerto su un vassoio di platino ed ero certa di poterlo ricambiare con la mia avvenenza e giovinezza, con la famiglia che avremmo costruito insieme, festosa e anticonformista, diversissima dalla sua d'origine. Questo Milly l'aveva intuito e ne era terrorizzata; l'amore che sapevo e che volevo dare mi rendeva una rivale temibile, forte come una roccia, assai più pericolosa di una nuora arrivista sul serio.

Sciagurata Milly! Sul tuo viso senza età, arcigno dalla fronte al doppio mento, erano scolpite smorfie di schifo invariabile: che nevicasse o che splendesse il sole, la tua missione era di rendere un inferno il mio passaggio in terra (mi correggo, sul tuo territorio). Nemmeno quando è nata Benedetta ti sei placata. E io ho il rimorso di aver sottratto troppe attenzioni alla mia creatura per combattere contro di te una guerra inutile. In nome di interessi che non avevo, per difendere confini di cui ignoravo l'esistenza.

Meschino Edoardo! Non poteva aspettarsi una simile furia devastatrice da parte di sua madre, sperava che il repertorio da arpia nevrastenica lo avesse esaurito con quel sant'uomo di suo padre, Riccardo Amendola. Un essere quieto e pacifico che si era immunizzato dall'erinni Milly nell'unico modo possibile: schiattando improvvisamente e senza alcun rimpianto.

20 DICEMBRE 2001

Mi rimane poco tempo, non voglio più continuare a sprecarlo con ricordi amari. Stamattina ho scartabellato vecchi quaderni di appunti. E finalmente ho trovato la risposta che Gaia mi aveva dato sull'incontro con Edoardo. Ero elettrizzata dalla partenza promettente della nostra storia, ma volevo essere sicura dell'*happy ending* con matrimonio sfarzoso e approdo a Casa Azzurra. Sì, Sofia, in parte hai visto giusto. Anche se io volevo qualcosa di più di un cognome e di una posizione sociale: volevo diventare la stella polare di mio marito, il faro luminoso della sua vita. Che ragazza spocchiosa!

Che errore madornale! Perché Edoardo si era invaghito di me, e della mia giovinezza, ma non mi avrebbe mai messo la fede al dito se non fossi rimasta incinta. Era un uomo educato e passivo e ha lasciato decidere al caso (correggo, a me), ma lui mi aveva scelto come amante, non come moglie.

Leggi che cosa mi raccontava Gaia, e poi dimmi se continui a rimanere scettica...

COLTIVA LA TUA FELICITÀ PERCHÉ QUESTA PORTA FELICITÀ AD ALTRI. LUI MANTERRÀ PRUDENZA MA NON POTRÀ EVITARE DI ABBANDONARSI. PERÒ L'AMORE CHE TI PUÒ SCALDARE È BEN ALTRO.

NON TI ADDOLORARE, CARA: QUESTO LEGAME È UNA FONTE A CUI BERE, MA TU SEI UN VAGABONDO. LUI AMA PROFONDAMENTE SÉ STESSO, E PER QUESTO AMA TE, SUA LUNA: C'È FRA VOI UNA NECESSITÀ PIÙ CHE UNA GIOIA NELLO SCAMBIO.

È UN INCONTRO FATIDICO, MA QUI DOBBIAMO FERMARCI A RIFLETTERE. COME È POSSIBILE FONDERE L'AMORE PER UN PADRE CON L'AMORE PER UN MARITO?

È IL TEMPO CHE SPIEGA IL SENSO DELLE COSE. TU VUOI CRESCERE SENZA COMPIERE I PASSAGGI CHE PREVEDONO L'IMPEGNO DELLE TUE RESPONSABILITÀ. È COME SE LUI TI DESSE LA POSSIBILITÀ DI SALTARE UNA PARTE DELLA VITA E RAGGIUNGERE UN TRAGUARDO SENZA AVER SOFFERTO PER SUPERARE GLI OSTACOLI.

DEMOLISCI IL CASTELLO IN CUI TI SEI BARRICATA. LA CASTELLANA È UNA FIGURA CHE NON TI SI ADDICE.

IMPOSTIAMO UNA RICERCA SU DI TE: LA TUA DELICATEZZA, IL TUO BISOGNO DI PROTEZIONE, NASCONDONO IL MORBIDO CUSCINO SU CUI RIPOSI QUANDO NON VUOI PENSARE. LÌ C'È LA VERA CHIARA. INCONTRIAMOLA. SARÀ UNA SCOPERTA STRAORDINARIA, E SOLTANTO TRA NOI DUE.

CONVOGLI OGNI ENERGIA ALLA RICERCA DI UN PUNTO DI RIFERIMENTO AL QUALE AFFIDARE LE TUE NECESSITÀ, MA RESTI DI TE RIMANGONO SUL TAPPETO. RACCOGLIAMO QUESTI PETALI CADUTI E RIASSAPORIAMONE IL PROFUMO: SONO L'ESPRESSIONE PIÙ PROFONDA DI UNA NATURA LIBERA.

FARFALLA INQUIETA, TI RINCORRO E MI BEO DELLA TUA ALLEGRIA. NON FARTI ACCALAPPIARE DA NESSUNA RETICELLA, SAPPI PROTEGGERE LE TUE ALI COLORATE. IO TI VOLO SEMPRE ACCANTO. PACE.

21 dicembre 2001

Sofia, sto per andarmene: sei la prima cui voglio dare un appuntamento preciso. Invece a Benedetta ho promesso che andrò da lei per Natale, a festeggiare con l'intera famiglia riunita, Claudio, i bimbi, e i nonni paterni. Ma in realtà non ho nemmeno pensato ai regali per Matteo e Camilla. Le ho detto così tanto per dire, soprattutto per calmarla, ma io so, sento che non ci sarò. Come vedi mi comporto da diva capricciosa fino all'ultimo. Invece con Emma ieri sera ho riso fino alle lacrime, mi ha persino chiesto la ricetta delle mie gocce miracolose, perché non mi ricordava così euforica da tempo immemore. Ma non erano le gocce, era la risposta di Gaia, che ho consultato per l'ultima volta con un pendolino d'accatto (il guinzaglio di Randi!)...

BIMBA AMATA E CULLATA DA BRACCIA DESIDEROSE DI TRASMETTERE FORZA. SEI LA PIÙ BELLA DEL REAME, MA DEVI USCIRE DAL REGNO, IMBOCCARE STRADE DIFFICILI SENZA PROTEZIONE. GIRERAI SU TE STESSA PER TORNARE AL CENTRO. RESPIRERAI L'ARIA RAREFATTA DI UN LUOGO DOVE POCHE SONO LE ENERGIE UTILI PER TE, ARMATA DI UN PESANTE SCUDO RIPRENDERAI LA VIA.

SONO IO CHE TI TRATTENGO QUANDO LA TUA ESPERIENZA È TROPPO FATICOSA, CHE TI ACCOMPAGNO IN QUESTO VIAGGIO.

NON ARRENDERTI A UN DUELLO SOTTERRANEO CON SOFIA,

MA SBILANCIATI SENZA TIMORE. METTI IN ATTO CIÒ CHE IL CUORE TI SUGGERISCE. QUALUNQUE COSA AVVENGA È NECESSARIO CHE AVVENGA.

MI HAI CHIESTO E HO RISPOSTO. MA ORA È GIUNTO IL MOMENTO CHE IO MI PRESENTI. ERAVAMO AMICHE IN UN'ESISTENZA PRECEDENTE. LA SORTE HA PIEGATO LA MIA DEBOLE VOLONTÀ E MI SONO RITROVATA VITTIMA DI UN ABUSO DA PARTE DI UN FRATELLO. LA SITUAZIONE ERA TRAGICAMENTE COMPROMESSA, MA LA TUA DEDIZIONE NEI MIEI CONFRONTI HA PERMESSO ALLE TENEBRE DI DISSOLVERSI. E INFATTI TI CHIAMI CHIARA. SONO STATA RIPORTATA ALLA LUCE DALLA TUA ESIGENZA DI VIVERE E DI FAR VIVERE GLI ALTRI. LA TUA È STATA SPESSO CONSIDERATA MANCANZA DI SCRUPOLI, MA TU NON HAI MAI POTUTO NUOCERE PERCHÉ HAI UN SENSO PROFONDO DEL VALORE DEGLI AFFETTI. QUESTO È QUELLO CHE TI LASCIO PRIMA DI RITROVARTI. PACE.

22 DICEMBRE 2001

Sofia, non so dove cercarti, sei sparita, e nemmeno Benedetta è riuscita a rintracciarti. L'ufficio stampa le ha riferito che sei in Giappone per un tour di lezioni universitarie (caspita, che figlia importante), e che hai chiesto di essere disturbata soltanto per «estreme urgenze». Cos'è un'estrema urgenza, Sofia? Un coccolone apoplettico? Un ictus paralizzante dopo la lettura di *Diario straordinario*? La mia malattia? La mia morte?

Avevo bisogno di parlarti, ma forse è meglio rispettare il tuo desiderio di privacy. Gaia mi ha raccomandato di chiarirmi con te, ma probabilmente non intendeva in questa sede... Il bello dei suoi messaggi criptici è che ti lasciano la massima libertà di interpretazione. E io sono così stanca che ho bisogno di credere in redenzioni future. Non sono in grado di reggere ulteriori pressioni psicologiche, non sono sicura di riuscire a spiegarmi qui e ora.

Così continuo a scriverti, finché le forze me lo permetteranno. Allora: nei libri che ho letto e che tu troveresti spazzatura, c'è scritto che la scelta della famiglia in cui ci capita di nascere è suscitata dal karma, dall'inesorabile ciclo delle vite. Si sceglie una madre, un padre, una sorella maggiore apposta, e mai a caso: tu hai usato il mio esempio catastrofico come stimolo per avanzare, per manifestare il tuo talento. E userai Benedetta per ricomporre la frattura, per ricreare il trittico magico, l'unica eredità che vi lascio. Perché voi tre vi amate e questo è stato il mio più grande successo. Benedetta ti ha già quasi perdonato (che gesto nobile, cercarti) ed Emma affronterà la questione da lontano, quindi con lo sguardo giusto. Ci sei solo tu che dovrai attraversare un oceano di dolore e di sensi di colpa per ritornare a casa, per riabbracciare le tue sorelle.

Pensa che appena nata ti avevo fatto fare l'oroscopo da una certa Julianne Green, un'astrologa londinese bravissima. Ma siccome si parlava di un cammino molto arduo, di un evento straordinario legato a una sofferenza non meno straordinaria, come al solito ho rimosso. Ho nascosto la polvere sotto il classico tappeto.

Adesso vorrei lasciarti qualcosa di più utile di un oroscopo, magari una riflessione conclusiva.

La felicità è intermittente, è sempre subordinata a un oggetto, dipende da fattori esterni, dal consenso o dall'amore degli altri. Mentre la gioia – per esempio quella che sto provando ora – non ha mai una ragione apparente.

Tu sei migliore di quello che hai scritto, Sofia, sei migliore di quello che credi di essere. Vedrai, un giorno ti sveglierai contenta, busserai alla porta di Casa Azzurra e ci troverai tutte e tre ad aspettarti.

Te lo prometto, piccola mia, te lo prometto, mia impossibile, grande donna.

24 dicembre 2001

Ancora qualche consiglio, bambine mie.

Cercate di volare leggere, senza però cadere nella trappola della frivolezza.

Evitate di interpretare dei ruoli, soprattutto nella cosiddetta società che conta (il discorso non vale per Benedetta, che si è liberata subito dal giogo dell'apparenza).

Agite senza secondi fini perché così le azioni hanno più efficacia.

Muovetevi in libertà, senza curarvi dei giudizi altrui, ed evitate sempre (o almeno più che potete) di giudicare.

Date spazio ai vostri personaggi dell'immaginario infantile, quello delle fiabe incantate.

Tenete lontano i demoni della paura e del rancore. Coltivate lo stupore e la meraviglia, la bontà e il disinteresse.

Difendete il candore e gli errori commessi per ingenuità.

Siate generose e, se vi pesa esserlo, ricordatevi il volto di vostra nonna Milly (in particolare tu Emma, che sei fissata con la fisiognomica).

Vi ho voluto con prepotenza, figlie mie, oppure, come direbbe Gaia, «vi ho portate alla luce con la mia esigenza di vivere e di far vivere gli altri».

Tu, Benedetta, sei arrivata a sancire la mia favola di regina madre: inutile aggiungere che eri la principessa preferita (anche di tuo padre, a onor del vero).

Tu, Sofia, nascevi con un nome e un destino da tragedia greca: un'eroina in pectore, una protagonista dell'amore assoluto, venuta al mondo nella bufera dei sentimenti e nel tormento dell'anima.

E tu, Emma, sei stata la mia ultima botta di giovinezza, un fuoco d'artificio di speranza e voglia di ricostruire qualcosa di pulito nella nostra famiglia.

Figlie mie, siete nate a sette anni di distanza l'una dall'altra, in situazioni molto diverse. Avete caratteri e prerogative diverse. Ma solo unendovi, e sommando le vostre forze, anche se non credete alla numerologia e al potere magico della carta ventuno, arriverete al coronamento pieno, alla realizzazione di tutti i vostri (e miei) sogni.

Emma, ti metto qui, con una graffetta, un ritaglio con i calcoli di Bakul: custodiscilo tu, che sei l'unica a credere in queste cose. Leggilo e rileggilo se sarai scoraggiata, quando avrai qualche dubbio o cedimento. Oppure se sarai arrabbiata con Sofia, o se tenderai a sottovalutare Benedetta (capita sempre così con le persone buone). Quando ti sentirai sola e sperduta cerca Benedetta come cercheresti una madre, ogni volta che ne hai bisogno; quando avrai più energie del solito perdona e comprendi Sofia: da lei puoi imparare tanto, se non sprecherete tempo in sterili recriminazioni.

Se loro non ti ascoltano come vorresti, allora sii irragionevole, pesta forte i piedi, comportati da bambina capricciosa: ai bambini è difficile dire di no.

Con i bambini, l'orgoglio è inutile.

PARTE TERZA

UN ANNIVERSARIO STRAORDINARIO

BENEDETTA

UNO

La macchia sul muro si stava allargando a vista d'occhio: un preoccupante alone giallo era comparso accanto al lampadario, a riprova che l'entropia domestica va sempre dritta al suo scopo quando ci sono guai da combinare. Ci mancava solo un fumoso corto circuito, con odor di bruciato ed elettrodomestici in tilt, per completare la catastrofe.

Benedetta si era seduta spossata sulla poltrona preferita di Randi IV, incurante dei peli grigiastri che si sarebbero stratificati sulla sua gonna di panno color melanzana. Sapeva bene che alla prima pioggia insistente il problema si sarebbe ripresentato, e con gli interessi maturati in mesi di incuria. Ma aveva preferito far finta di nulla, andare contro il realismo del suo carattere e confidare nella clemenza del tempo. Che invece aveva mostrato un volto beffardo. Ora doveva farsi coraggio e chiamare subito Alfio, il muratore un po' guercio, per sentirsi ripetere – senza sapere dove guardare – la solita solfa: «Signora, ma come glielo devo dire? Il tetto è marcio, qui a furia di rappezzi non sappiamo più dove mettere le mani. Copri un buco e apri un cratere: io i miracoli non li posso fare. Ha capito?».

"Capito. Ricevuto. Ci mancherebbe. E chi ci crede più ai miracoli. A quarantatré anni, poi. La mamma alla mia età stava in piedi solo per Emma, la piccola di casa, la preferita di noi tre."

Un'ondata di malessere convulso inzuppò Benedetta dalla testa ai piedi: erano passati quasi sette anni (il famoso numero magico da moltiplicare per tre) da quando la mamma le aveva salutate. A modo suo, nella notte in cui nasceva Gesù, andandosene lievemente, scegliendo sino in fondo una vita da eccentrica, dolce, scriteriata, adorabile creatura.

Quanto l'aveva mitizzata, da bambina! Sua madre sapeva esprimere amore come nessun'altra donna al mondo. Le mamme delle sue amichette al suo confronto apparivano sbiadite e monotone. Banali.

A cinquantasette anni, e da morta, Chiara era tornata bellissima, con il viso riposato, i lineamenti distesi. Anche la sua linea era tornata invidiabile, «proprio un figurino», come aveva scritto, scherzando, a Sofia. A ripensarla così metteva pace, e ordine nei cassetti della memoria... Ma quel quaderno consumato che le aveva trovato tra le mani, Dio che strazio.

Ogni volta che Benedetta rileggeva quelle pagine, il suo cuore andava in frantumi. E nessuno, nemmeno Claudio, nemmeno Camilla e Matteo, riusciva a rimettere insieme una sola scheggia.

Per Sofia doveva essere stato anche peggio, un marchio di infamia impresso sulla carne, lei era l'assassina e lei doveva espiare; lei era la colpevole e lei si sarebbe autocondannata ai lavori forzati, senza chiedere lo sconto di pena, né tanto meno la grazia. Infatti da allora si era praticamente eclissata, mollandole il manoscritto come si farebbe con un tizzone ardente.

Scoprire che sua sorella era figlia di Giulio Agresti aveva chiarito alcune cose, ma per Benedetta la causa di quel folle scempio chiamato *Diario straordinario* rimaneva un mistero insondabile. Perché Sofia a un certo punto aveva deciso di odiare sua madre e poi non aveva più smesso? Perché aveva pubblicato quel libro osceno, con nomi, date e avvenimenti verosimili in tutto e per tutto? C'era di mezzo la crudeltà dei giovani, e pure l'incoscienza, ma la vicenda puzzava troppo di tragedia inevitabile, come avrebbe detto Chiara o il suo spirito guida.

C'era il problema che Sofia si era sempre sentita il brutto anatroccolo di casa, la più goffa delle tre sorelle, con quella faccia larga dai tratti irregolari, con quella costituzione un po' tozza. Ed essere figlia di una donna slanciata e disinibita doveva essere stato un inconveniente mica da ridere, per un'adolescente tarchiata e introversa. Senza contare l'increscioso incidente di percorso con Alessio Bussey che si era messo a fare il cascamorto proprio con la mamma, la peggiore rivale immaginabile. Ma erano interpretazioni riduttive: nelle sue lezioni di italiano, Benedetta aveva sempre evitato di ridurre la poetica di Leopardi a una conseguenza della sua gobba e del suo corpo sgraziato. Leopardi era un genio, e non si discuteva. Per quanto, se fosse stato un fanciullo di rara bellezza, si sarebbe rovinato gli occhi in quello studio «matto e disperatissimo»?

Sofia si era ribellata alla sua condizione di ragazza insicura cercando di brillare nel fulgore della sua ambizione (a scuola era bravissima), ma tutto quel disprezzo scellerato da dove arrivava? Non solo dai complessi, ovvio. Benedetta non era una sostenitrice delle analisi psicologiche, ma a questo punto si doveva arrendere, e chiedersi se ogni cosa non fosse ascrivibile a ciò che patiamo nel ventre materno, e poi nei primi mesi di vita.

Sul tappeto, proprio accanto a lei, si era accucciato con discrezione Randi IV: come spesso accadeva, appariva di umor mogio per amorevole transfert, dopo aver annusato effluvi di padronale sfinimento. Era uno sfinimento costante, che fiaccava Benedetta come un desiderio inappagato, come le raffiche di pioggia sulle tegole storte, sugli infissi rabberciati e sugli alberi secolari di Casa Azzurra.

Nel salotto vicino, il televisore era sintonizzato per caso sul TG1: una voce raccontava con toni enfatici che nell'ottobre del 2008 l'emergenza spazzatura era da considerarsi risolta. Ma per rimettere in sesto Benedetta sarebbe occorsa una legge speciale e permanente. Che proponesse un'igienica abolizione dei fantasmi del passato.

«Bambine, venite qui! È il momento della consegna del "Diario straordinario" anche per Emma. Oggi è un giorno speciale, non solo perché il nostro leprotto compie gli anni, ma perché è arrivata a sette, il numero magico di famiglia... Chi mi aiuta a scartare il pacco matrioska? Dentro ci sono sorprese per ognuno di noi... Edoardo! È inutile che fingi di stare altrove, sei il capofamiglia, il sultano dell'harem!»

E poi era arrivato quel bacio elargito con la mano, identico a quello che le dive mandano ai fan mentre sfilano sul tappeto rosso di Cannes. Chiara era rimasta attrice anche nei dettagli: i gesti posati, le fisse celebrative o scaramantiche, un fatalismo pigro tra il seducente e l'irritante, la propensione allo studio di materie discutibili come l'astrologia d'accatto e la cabala fai da te. La favola delle sorelle Amendola segnate dal numero sette (da moltiplicare per tre, per arrivare al glorioso numero ventuno) era la sua preferita, quella che non si stancava mai di ripetere, assieme ai calcoli di Bakul, il misterioso numerologo indiano conosciuto chissà dove. Al gong del settimo compleanno ogni principessa riceveva in regalo un «Diario straordinario», per annotare meticolosamente, giorno dopo giorno, ogni evento straordinario.

Eppure da tanti anni c'era qualcosa che strideva in quel racconto di felicità: abbracci e sorrisi forzati tra papà e mamma, pianti e scenate ricorrenti e nemmeno di nascosto, gelo mortuario in quella villa scaldata soltanto dai capricci di Emma.

«Mami, posso scartare subito il regalo? E a che cosa serve il "Diario straordinario"?»

«Serve a raccontare tutte le cose straordinarie che ti accadranno di sicuro, mia piccola regina...»

«E tu mi aiuterai a scriverlo?»

«Certo!»

«Che se ne fa Emma di un diario straordinario?» Il tono di Sofia era concitato, arrogante. «Scrivere serve alle persone infelici, per curare il male di vivere. E il nostro caro, adorato, coccolato leprotto è così viziato da credere che il mondo, scusate, la "magica" carta ventuno, sia un mazzo di carotine con cui giocare a briscola.»

«Ohi ohi, e che ne sa la nostra saputella del male di vivere?» Edoardo aveva squadrato Sofia con un'insofferenza che avrebbe impaurito chiunque.

«Edoardo, ti prego...» Chiara aveva rivolto uno sguardo implorante al marito.

«Avevo detto a tua madre di non chiamarti Sofia, ma sapete come è fatta, senza eccedere in stravaganza si sente perduta. Sofia è un nome che ti ha dato alla testa...»

«Difficile montarsi la testa in una famiglia di montati come questa.» Sofia aveva scandito le parole e serrato gli occhi in una smorfia di sofferenza.

Benedetta la rivedeva ancora, quella smorfia. Forse avrebbe dovuto fermare sua sorella lì, quando le era apparsa stanca delle sue provocazioni, di quella parte da perpetua ribelle.

Avrebbe dovuto stringerla forte e dirle quanto l'amava, quanto la comprendeva, quanto l'ammirava, anche. Quante cose straordinarie avrebbe fatto, a prescindere dall'avvenenza, a prescindere dalla corte di quel babbeo di Alessio Bussey, a prescindere dall'accettazione degli altri. Lei, Benedetta, era buona semplicemente perché aveva respirato l'aria migliore della famiglia: avrebbe dovuto spartire quel dono ed essere più coraggiosa.

Invece aveva assistito quieta e passiva alla commedia prestabilita, con un cast che comprendeva, nell'ordine: la mamma, regista nei minimi dettagli di una presunta spensieratezza domestica; il papà, ormai desaparecido, cammeo molto apprezzato per piccole parti significative; Emma, la mascotte della compagnia, ministar vezzeggiata e acclamata dal pubblico (familiari e domestici); Sofia, critico antipatico e intransigente, a cui comunque si riservava per strizza un posto in prima fila. Per la modesta primogenita avanzava l'incarico da maschera, o da venditrice di gelati nell'intervallo. Il film era datato 1986, e Benedetta di anni ne aveva ventuno. Non si scorgevano prodigi all'orizzonte.

DUE

Alfio era arrivato, dunque non tutto era perduto. Il senso di colpa che la attanagliava ogni volta che non aveva voglia di occuparsi delle beghe pratiche si stava a poco a poco riassorbendo. Forse l'onesto muratore non avrebbe risolto nulla, ma essere riuscita a chiamarlo, e a convincerlo a muoversi subito, aveva davvero qualcosa di straordinario, tenuto conto del livello delle sue energie. In pratica zero, come il suo buon umore, come la sua speranza di poter dimenticare, un giorno.

La presenza di quel brav'uomo, che Benedetta aveva visto bazzicare per Casa Azzurra in ogni stagione della sua vita, dava un segno di continuità nello sfacelo, fungeva da anestetico contro i crucci, aiutava a credere nei piccoli miracoli. Chiara avrebbe trovato una risposta nella data di nascita di Alfio, oppure scrutando le posizioni degli astri di quel triste martedì 7 ottobre 2008. Ma la mamma con le sue teorie esoteriche (e con tanto altro) aveva sempre preso delle sublimi cantonate. Per esempio, proprio il 7 giugno dell'anno 1992 (la cui somma delle cifre fa sempre ventuno), Edoardo Amendola era morto di infarto in una lussuosa suite dell'hotel Splendido a Portofino. In compagnia di – ma è più esatto affermare: mentre faceva l'amore con – Caroline Steinbeck, un'algida arpista di sopravvalutato talento. Lui aveva sessantanove anni e lei trentasette: la loro relazione andava avanti da più di quattro anni, da quando Benedetta aveva comunicato al padre la sua intenzione di sposare Claudio. Un proposito che lo aveva mandato letteralmente in bestia.

«E vorresti diventare la signora Greggio? Il figlio di chi ti tiene a pensione dovrebbe diventare il marito di un'Amendola Scalzi! Ma ti ha dato di volta il cervello?»

Edoardo si era alzato di scatto dalla poltrona dello studio dove si rintanava dopo cena a fumare il suo sigaro Havana: per interrompere quel rito piacevole, bisognava farlo arrabbiare di brutto. La sua voce era diventata stridula per lo sforzo di contenersi e il fumo sembrava uscirgli dalle meningi, anziché dalla bocca. Ma lei era riuscita a tenergli testa.

«Il cervello funziona e anche tutto il resto... Papà, lo amo, gli voglio bene, sto bene con lui...»

«Che fesserie, sai a quanti potresti volere bene, prima o poi. Ti ho mandato a Milano perché la Cattolica è un'ottima università, non perché tu facessi un pessimo matrimonio. E credimi, te lo dico per esperienza, sbagliare è un attimo...»

«Non dire così...»

«Lo dico eccome, purtroppo.»

Suo padre si era avvicinato al mobiletto basso dove teneva la riserva dei liquori e si era versato quattro dita di scotch in un bicchiere di cristallo cesellato.

I gesti erano sicuri ed eleganti per assuefazione, ma le mani tremavano per l'indesiderata novità. Eppure lei aveva continuato ad andare dritta per la sua strada, proprio come Sofia.

«...Claudio studia Lettere alla Cattolica come me, ma è molto più bravo, ha una media altissima, quasi tutti trenta e lode...»

«Mi fa piacere per lui. Però non è sufficiente a volerlo per genero. Se non ti dispiace, non avrei nulla da aggiungere.»

«Io invece ho da aggiungere tante cose... Abbiamo le stesse idee, gli stessi gusti... Con lui mi sento finalmente a casa e i suoi genitori mi trattano come una figlia.»

«Fantastico, ci mancava solo questo, per chiudere il cerchio. Che opportunisti, e che intriganti! Siamo stati davvero accorti, ti abbiamo gettato in pasto al leone. Del resto è un indirizzo che ha scovato tua madre. Che cosa potevo pretendere?» La battuta agra non aveva recato sollievo a Edoardo, che sembrava sfiancato, desideroso soltanto di chiudere la sgradevole conversazione.

D'un tratto suo padre le era parso vecchio, un vecchio cinico e disilluso, stufo di tutti e anche del fallimento della sua vita. «Perché questo sarcasmo ininterrotto? Tu con la mamma, Sofia con te...»

«Sarà l'ultima moda...»

«Be', non tutti gli ambienti sono come il nostro, pieni di futilità, di ipocrisie e di secondi fini. In casa di Claudio si respira calore, e affetto, e lealtà: non è un continuo rinfacciarsi le peggiori intenzioni... come hai appena fatto tu con la mamma.»

Aveva sparato la sua bordata d'un fiato, incredula di aver emulato senza fatica la sorella sulle barricate. Contestare, argomentare, rispondere picche le era venuto naturale, come bere un sorso d'acqua. Da quanti anni si teneva dentro quelle parole? Da quanti anni era satura delle finte buone maniere targate Amendola Scalzi?

«Benedetta, io... io non ti riconosco più.»

Suo padre l'aveva guardata sinceramente costernato, come un uomo senza patria. Né tetto. Né legge.

«No, sono io che non ti riconosco più... Quello che hai detto prima non è bello, e non è giusto nei confronti della mamma. Voi due vi siete sposati per amore, e tu lo rinneghi, lo rinneghi ogni volta che puoi.»

«Anche lei l'ha rinnegato. E prima di me.»

«Forse. Ma dimentichi che sono stata figlia unica per sette anni, e che per sette anni sono stata ad assistere – e con parecchia gelosia – alle vostre effusioni, alle vostre frasi in codice, alle vostre sparizioni improvvise...»

Ecco cosa non aveva mai digerito. L'amore tradito dei suoi genitori, che le avevano fatto balenare l'ipotesi di un paradiso in terra per poi condannarla allo spettacolo di un inferno di rappresaglie.

«A volte le cose si sciupano, si intorbidano.»

«Allora mettiamola così: voglio una vita semplice, pulita, limpida. Meglio avere pochi soldi, nessun patrimonio ingombrante o nome altisonante, se devono rovinare tutto.»

«Tra qualche anno la penserai diversamente.»

«Non credo: la penso così da tantissimo tempo e non ho ancora smesso.»

«E quando avresti iniziato?»

«Ho iniziato in quelle atroci estati ad Alassio, con la nonna che umiliava la mamma, con le simpatiche madame dei Bagni Sisto che passavano i pomeriggi a ridere dietro alla persona che io veneravo.»

«È passato un secolo...»

Suo padre aveva sospirato inavvertitamente e lei aveva dato l'affondo finale. «I suoi pianti non li ho mai scordati. E tu non c'eri mai...»

«Benedetta, non mi hai mai parlato così...»

Edoardo aveva portato la mano libera dal bicchiere vicino alla tempia, in un gesto di evidente sconforto. Di sicuro soffriva per quella inedita ribellione, ma ancora una volta la forma aveva preso il sopravvento sulla sostanza. Si era ricomposto subito e, invece di abbracciarla, aveva bevuto l'ultimo sorso di scotch.

«Forse ho sbagliato prima, papà.»

«Vuoi metterti a ricalcare le orme di Sofia?»

«...Poiché ho un carattere mite, pensate tutti che io non abbia idee mie, che non abbia nulla da rivendicare.»

«Chi ha detto questo?»

«Mi avete sempre sottovalutato, ed è anche colpa mia, sono sempre stata pigra e remissiva. Ma su Claudio non cederò di un millimetro.»

«Magnifico, accomodati anche tu nel club "dissidenti Amendola". Uno più uno meno... Sofia ti ha reclutato fra gli irriducibili, oppure preferisci la linea svagata di tua madre?»

«Sofia non ha reclutato proprio nessuno. Sono io che mi sono innamorata di Claudio, io che ho scelto lui come fidanzato, io che sto meglio a casa sua che a Casa Azzurra.»

«Perfetto.»

«E mia sorella sbaglierà anche i toni e i modi, ma in fondo ha ragione.»

«Come no.»

«È una ragazza straordinariamente intelligente per i suoi sedici anni.»

«Certo, in questa famiglia è tutto straordinario. Fin troppo.»

Alla difesa di Sofia, suo padre era diventato paonazzo, alterato dalla collera, più che dal liquore a cui era fin troppo abituato. Aveva scaraventato con stizza il bicchiere vuoto sulla scrivania priva di carte e di qualunque traccia di lavoro. Edoardo Amendola aveva sempre finto di essere qualcosa che non era: serio professionista di affari inesistenti, solido marito d'appoggio a una moglie psicolabile, irreprensibile figlio martire di madre nevrastenica. Solo nel ruolo di padre dell'amata primogenita era stato ineccepibile e affidabile. Con questi risultati.

«Io no. Io non sono straordinaria, e desidero una cosa soltanto: essere normale e vivere tra persone normali.»

«Ma cosa ti succede? Tu avevi la migliore qualità per una figlia e per una donna. La dolcezza. Mi hai sempre ascoltato, ti sei sempre fidata dei miei consigli, mi hai sempre fatto sentire utile.»

«Lo sei ancora.»

«No, ora mi sembra di non avere più nessuna sfera di influenza. Scalzato da un Claudio Greggio qualsiasi, da una razza di portinai. Certe volte mi chiedo cosa ci faccio ancora in questa casa...»

«Ce lo chiediamo tutti.»

«...Basta, Benedetta. Non aggiungere altro.»

Adesso parlava Edoardo Amendola Scalzi. Il tono della voce non ammetteva repliche. Ma c'era qualcosa nello sguardo di suo padre che l'aveva fatta desistere. E tornare a essere la Benedetta che lui conosceva.

«Papà, io non voglio litigare con te.»

«...E tua madre cosa dice, non credo approvi...»

«Oh, invece lei è contentissima! Mi ha stretto forte e ha detto: "Sei felice? Allora è la cosa giusta! Falla!".»

L'abbraccio di sua madre lo sentiva ancora nella pelle: Chiara era sempre stata una fuoriclasse della calda accoglienza e dell'entusiasmo genuino, ma in quella famiglia gelida e altezzosa aveva perso ogni gara in partenza.

«Ineffabile donna: ormai vive e sragiona solo per farmi dispetto. Parla per dare aria ai denti, con le sue frasi preferite, quelle che trova nei bon bon di Peyrano e nei Baci Perugina.»

«È una sua opinione, rispettabile come la tua.»

«Rispettabile? Da quando passa il tempo a portare ai provini di pubblicità Emma, rovinandole il carattere e ridicolizzando il nostro nome, frequenta soggetti così discutibili che al confronto il tuo Claudio Greggio potrebbe figurare da lord inglese.»

«Grazie mille, papà.»

«Ascoltami, Benedetta, lo dico per il tuo bene: adesso consideri la differenza di classe eccitante, ti diverti con i suoi amici naïf e trovi incantevole il bilocale che i suoi genitori possiedono a Pietra Ligure... Ma poi ti accorgerai che un tinello che puzza di cavolo è soltanto un tinello che puzza di cavolo.»

«Ascoltami tu, papà. Non voglio farti arrabbiare. Io ti voglio bene. Vedrai che Claudio ti piacerà. È un ragazzo speciale. È adorabile, in gamba, responsabile. Quando lo conoscerai, cambierai idea.»

«Non voglio conoscerlo, Benedetta. E non voglio discussioni su questo argomento. Se vuoi sposarlo, padronissima di farlo, ma non avrai mai il mio consenso. Io non parteciperò a queste nozze grottesche.»

Così suo padre era uscito dallo studio e dalla sua vita, lasciandola orfana ed esterrefatta. Era la prima volta che Benedetta lo vedeva così deciso, che lo sentiva così esplicito. Lui che aveva sempre subito o cercato di dribblare con cautela le isterie della madre e le bizzarrie della moglie, all'improvviso si era trasformato in un uomo duro, che dettava condizioni capestro. A che cosa si doveva quel cambiamento?

Allora Benedetta non poteva sapere che era comparsa un'altra donna a fargli dimenticare tutte le altre (figlie incluse), a fargli rivivere nuove e fantasiose tirannie. Succede sempre così a un certo tipo d'uomini: e Edoardo Amendola apparteneva a quel tipo d'uomo dal sottile masochismo recidivo.

TRE

Le arriviste scientifiche pinzano le loro prede quando hanno oltrepassato la sessantina, a un passo dalla spossatezza ultima e dall'avvilimento estremo.

Come aveva scritto Sofia, attribuendo le parole giuste alla persona sbagliata, «per farsi largo nella giungla terrena occorrono scaltrezza e metodo». E scaltrezza e metodo non erano mancati a Caroline Steinbeck, che con precisione certosina si era fatta intestare da Edoardo Amendola appartamenti e titoli, polizze assicurative e terreni edificabili. Un'artista della sostanza.

Benedetta doveva riconoscerlo: tra le pagine più esilaranti di *Diario straordinario* c'erano quelle che riguardavano la partecipazione (straordinaria) della signora Amendola bis al funerale di papà.

Nel rinascimentale contesto del Duomo si era presentata finalmente una gran dama all'altezza della situazione: una sontuosa, superba vedova in lacrime, così calata nel ruolo della inconsolabile (impalpabile velo di pizzo nero sui capelli biondo cenere, tailleur di seta grigio fumé di Christian Dior messo in conto al defunto) da incutere rispetto.

Con aria afflitta ma con passo da mannequin nonostante la torrida calura, incedeva nella navata centrale verso la prima fila dei banchi; seguita da un codazzo di celebrità, sembrava in visita ufficiale alla Sacra Sindone, altro che a piangere un comune mortale. Alla fine della funzione aveva raccolto mesta le condoglianze di notabili e di signore chic, lo sguardo pareva svagato ma i nervi erano di acciaio inossidabile.

Il contrario di Chiara, che tanto per cambiare era sopra le righe, conciata da alternativa dei Murazzi, sbracciata e un po' sudata, con Randi II al guinzaglio, circondata da uno stuolo di amici fricchettoni e da Paco con tutta la parentela filippina immigrata nel Nord Italia. Sembrava mezza fusa, per non dire strafatta, rideva invece di piangere, parlottava fitto con un giovane dalla lunga coda di cavallo (Fabrizio, il regista teatrale che aveva preceduto Ramón), cercava di consolare Emma stringendola a sé, sbaciucchiandola di continuo. Povera Emma! Era sinceramente addolorata, come una ragazzina che perde il padre e con lui l'incanto dell'infanzia. Frignava mogia e zampillava come una fontana, eppure, abbigliata com'era, sembrava uscita da uno spot di moda mare per adolescenti trendy.

Per fortuna accanto a Benedetta c'era Claudio, partecipe e altruista come sempre: suo marito era lì a confortarla, ma anche a dire addio a quell'uomo che si era rifiutato di conoscere un genero disdicevole, un Greggio qualsiasi. Un uomo che – per irrisione del destino – se n'era andato in maniera ancor più disdicevole, da vecchio che schiatta nel letto della sua giovane e avida amante.

Queste considerazioni malevole erano però un'esclusiva personale: nessuna parola aspra era uscita dalla bocca di Claudio, nessun commento sgradevole. Si era limitato a sorreggere Benedetta, a sorriderle, a carezzarle i capelli e il pancione dove Camilla iniziava a scalciare con profetica determinazione. Sarebbe sopravvissuta a quella ignobile farsa senza Claudio, senza il progetto di una vita e di una famiglia diverse? No, non c'era ombra di dubbio.

E Sofia? Strano ma vero, aveva tenuto un atteggiamento abbastanza contegnoso: senza versare una lacrima, pareva un'estranea invitata a una burla paradossale. Un'analisi approssimativa l'avrebbe definita assente, o magari svuotata, ma sua sorella era presente, penetrante, in piena masticazione creativa. Intenta a vivisezionare con sguardo da entomologo il re nudo e i suoi buffoni di corte. A vent'anni, iniziava a maturare artisticamente con un processo inverso a quello materno: mentre la personalità di Chiara si era infranta contro le durezze dell'esistenza, quella di Sofia si era galvanizzata nelle avversità, traendone un motivo di rimbalzo e di crescita. Fino all'esplosione finale col botto.

«Signora...?»

Un refolo di vento gelido interruppe il flusso dei pensieri di Benedetta. Alfio era lì, sulla soglia della portafinestra, impacciato e ossequioso come sempre.

«Signora, scusi, posso...?»

Il tono di voce di quel brav'uomo sgraziato era al solito basso e educato, e giungeva gradito come un armistizio in tempo di guerra. Perché a ben vedere qualsiasi rogna del presente era preferibile agli spettri del passato.

«Sì, Alfio, prego, venga avanti...»

«Io ho finito. Per ora ho fatto un rappezzo... E passerò la settimana prossima a controllare. Ma non me lo faccia ripetere, professoressa: se non rifà il tetto, qui sono guai. Ma guai seri...»

«Grazie, appena potrò darò un'occhiata ai conti di casa... se rientriamo nel budget, in primavera partiamo subito coi lavori.»

Mi sa che dobbiamo rientrare nel... per forza.»

«Mi sa anche a me. Vuole un caffè, un amaro?»

«Troppo gentile, come sempre. Ma devo scappare, sono di corsa.»

È lei che è stato gentile a venire fin qui, a disturbarsi. Cosa le devo?»

«Lasci stare, facciamo la prossima volta.»

«Sì, facciamo la prossima volta.»

La prossima volta faremo tutto meglio.

Vero mamma?

Vero papà?

Vero Sofia?

Vero Emma?

Alfio se n'era andato, Claudio sarebbe arrivato nel tardo pomeriggio e Camilla non prima di cena: a quasi sedici anni e con quel caratterino, chi la teneva più? Matteo era parcheggiato a casa di Pietro, il suo amico del cuore, un ragazzino pieno di qualità, compresa quella di avere per madre una donna davvero disponibile, infaticabile promotrice della solidarietà femminile.

I clienti sarebbero arrivati nel week-end; di rado un martedì di ottobre riservava qualche sorpresa, un ospite inatteso e munifico.

Per sopravvivere senza stremarsi di fatica ultimamente si era data alla politica del «mordi e fuggi», o meglio dello *spot and go,* come avrebbe glossato Emma con il suo inglese perfetto. Le rimanevano ancora un paio d'ore per macerarsi nell'autolesionismo.

Domanda numero uno: perché lei, Benedetta, aveva optato per una «continua scelta del profilo basso», come aveva scritto la mamma nel suo «Diario straordinario»? Perché non aveva osato altro? Perché aveva passato la vita a capire o a subire le istanze o le stramberie della sua famiglia d'origine? Era la primogenita, naturale che fosse stata scelta come parafulmine per le malinconie di Chiara, le confidenze risentite di Edoardo, la rabbia di Sofia, i capricci di Emma... "Naturale? Mah, forse soltanto più comodo: dedicarsi agli altri è un sistema per evitare di andare a fondo in sé stessi.”

A ben pensarci, essere nate a distanza di sette anni, invece di traghettarle nel trionfale mondo della carta ventuno, le aveva relegate nella spiazzante condizione di figlie uniche sui generis. Lei, poi, alla faccia del magico anno di nascita 1965 (la cui somma delle cifre fa ventuno), si era beccata tutta la solitudine dei primogeniti nati anzitempo da una coppia che si desidera alla follia, presa dalla propria passione esclusiva, in un ottovolante di ardori lampo e di prostrazioni inspiegabili.

Altro che «benedetta», si era sempre sentita di troppo: prima per via del rapporto intimo tra mamma e papà, baci languidi, continuo ammiccare, litigi e rappacificazioni sensuali. Poi perché era arrivata Sofia – in apparenza per aggiustare qualcosa che si era già rotto – e si era ritagliata subito lo spazio che voleva, da protagonista assoluta. Una neonata dispotica, che con i suoi strilli notturni e le sue bizze estenuanti aveva allargato a dismisura le distanze fra i coniugi.

Le camere separate risalivano alla sua nascita, e anche l’arrivo del primo randagino di casa. Randi I, «un cane di razze», come precisava la mamma, prendendo in giro lo snobismo di Milly Amendola Scalzi (e non solo). Sofia aveva creato scompiglio con la sua presenza ingombrante e ne aveva sofferto senza sapere il perché, rizzando le antenne della sua ipersensibilità, in un groviglio tossico di budella e di anima. Un gorgo di malintesi sfociato in quel delirio di rancore intitolato *Diario straordinario.*

Infine, quando era arrivata Emma, non ce n’era stato più per nessuno: né per lei (ovvio), né per Sofia (la cui gelosia patologica si era acuita) e neppure per papà, che francamente pareva infischiarsene, cercando altrove il risarcimento delle penose défaillance familiari.

Chiara era letteralmente impazzita per l'ultima delle sue bimbe, e l'impazzimento peggiorava di anno in anno, di ruga in ruga, di tentativo maldestro in tentativo maldestro: si aggrappava a Emma come un naufrago a un salvagente, mentre attorno il mare era sempre in burrasca, e il suo *Titanic* di star casalinga si era sfracellato contro l'iceberg degli errori commessi. La parentesi Agresti le era costata un prezzo esorbitante: Edoardo aveva preso a tradirla con accanimento sadico, con le infinite potenzialità di un uomo con tantissimo denaro e tempo libero. Il volto straordinariamente bello della mamma iniziava ad assomigliare a quello indecifrabile delle matrone torinesi, un impasto di noia letale, opulenza fiacca e trattamenti estetici invasivi; il suo corpo sinuoso cominciava a perdere tono e linea, a ridicolizzarsi con abbigliamenti inadatti se non patetici. E nessun amante (allora Benedetta li credeva innocui cicisbei), nessuna eccentricità, nessun finto lavoro, come accompagnare Emma a Milano o a Roma ai casting della pubblicità o dei film, era riuscito ad arrecarle un sostanziale sollievo. Perché, come aveva scritto lei stessa alla fine dei suoi giorni, «nessun sollievo è reale se non parte dal centro di sé stessi».

Il sollievo di Benedetta si chiamava Claudio, ed era partito dal centro del suo cuore e delle sue esigenze: suo marito non aveva mai smesso di produrre effetti balsamici, di lenire le ferite che con la morte di Chiara avevano ripreso a sanguinare.

Aveva deciso di sposarlo al rientro dalle vacanze, dopo un'estate passata ad Alassio, tra Villa Olimpia e la spiaggia di fronte: gli stessi luoghi in cui da bambina aveva visto sua madre singhiozzare sgomenta.

Ci sono lacrime che non si asciugano mai: Benedetta aveva sei anni o giù di lì, e il suo paradiso di convinzioni infantili si era squagliato come neve al sole. Ai Bagni Sisto, Chiara veniva guardata dall'alto in basso e trattata con sufficienza: tutta la sua bellezza e la sua verve non bastavano a farla accettare nel giro di quelli che contano. Troppe parole, troppi pendagli, troppe moine, troppe risate, troppa eccitazione. Troppo amore, anche. Così Benedetta aveva maturato una decisione irrevocabile: poiché a sua madre non voleva e non poteva rinunciare, avrebbe rinunciato a quel simpatico habitat per l'eternità.

Non sempre si rinuncia per codardia o per sprovvedutezza. A volte si rinuncia per salvaguardare la parte migliore di sé stessi. E scegliere di sposare Claudio Greggio era un gesto concreto per spezzare le catene di quella fiera delle vanità.

Non tutti hanno il dono di riuscire a ridicolizzare chi ci offende e ci ferisce. Sofia per esempio aveva scritto pagine memorabili sugli habitué dei Bagni Sisto, dividendo le signore in tre categorie. C'erano le esegete di un *low profile* estremo e fastidioso ma per lo meno innato, trasmesso di generazione in generazione. Poi c'erano le nuove adepte fanatiche, quelle che studiavano indefesse per diventare portabandiera di uno stile minimalista che costava loro una fatica immane, peggio che mandare a memoria tutti i canti dell'*Inferno* di Dante. Era un ripetuto alludere: "Potrei mettermi i gioielli, ma che volgarità"; "Potrei tingermi i capelli bianchi, ma per carità", "Potrei vestirmi firmata da capo a piedi, ma che pacchianata"; "Potrei abbronzarmi, ma vuoi mettere la distinzione di un pallore lunare ad agosto?". Infine: "Potrei essere livida di gelosia, tendenzialmente disperata, cronicamente annoiata, irrimediabilmente antipatica, e ci riesco benissimo...".

Nell'ultima tipologia c'erano le eccezioni, le cagnoline sciolte, donne che si agghindavano, parlavano e comportavano come piaceva a loro: andavano e venivano da

Alassio a stagioni alterne, con lunghissime assenze e improvvise presenze. Talvolta divorziavano per seguire un pittore naïf o rockettaro da strapazzo, o qualche vocazione imprevedibile (aveva fatto scalpore Baby Sartori, una procace sciupamaschi che si era ritirata in un convento di suore trappiste). Oppure si mettevano a vagare come schegge impazzite per il globo terrestre, per concludere alla fine che era tutto uggioso e deprimente come ai Bagni Sisto, dal deserto del Nefud alle palme esotiche delle isole Figi, dalle calde crociere caraibiche a quelle tra i pinguini dei mari australi. Ma neppure quelle figlie dei fiori di lusso mostravano affetto per la mamma di Benedetta: puzzavano di tracotanza, e se pure avevano viaggiato in ogni parte del mondo, ricordavano sempre la parte del mondo dove erano nate loro e dove invece non era nata quella burina di Chiara Benatti.

Povera mamma! Oscillava come il suo adorato pendolino da una categoria di stronze all'altra, come Randi con l'osso. Di volta in volta, si accontentava delle confidenze maligne di una vecchia arpia o degli sfoghi velleitari di una pseudoribelle. Ma il risultato era sempre lo stesso: veniva risucchiata in una spirale di pochezza per poi esserne espulsa come indesiderata, e con un poderoso calcio nel sedere.

Perché non era insorta e non se n'era andata per sempre? Perché non si era separata da Edoardo, seguendo i consigli di Gaia, il suo spirito guida? Quelle vessatrici incostanti, oltre ai soldi e alle svariate ripassate di vernice, non possedevano nulla: né cultura, né spessore, né fascino, né ironia, né talento.

E quando non si possiede nulla pur potendo comperare tutto, a qualcuno bisogna pur farla pagare.

Dal salotto vicino, il televisore continuava a fare il suo dovere di elettrodomestico: nessuno si era curato di spegnerlo, così andava avanti con rubriche dedicate alla salute e all'economia, con programmi ideati apposta per conduttrici negate in tutto meno che nelle raccomandazioni.

Adesso era la volta di una serie di consigli per gli acquisti, dalla pulizia del water incrostato a quella della pelle con i brufoli. In quante pubblicità aveva recitato Emma, da sola o in coppia con la mamma? Benedetta rammentava decine di spot di merendine golose o di biscotti al cioccolato, di shampoo vitaminici o di talchi profumati, di Barbie vestite per la festa e di pigiami per la notte.

E quei cartelloni sparsi per tutta Italia, che tenerezza! Emma correva per la spiaggia di Alassio e Randi II le tirava giù il pezzo di sotto del costume. Da lì spuntava un sederino bianco e immacolato, un poco prominente, che faceva venir voglia di mangiarselo. La réclame di quella crema abbronzante era stata la fortuna dell'ultima delle sorelle Amendola: da allora non si contavano più le sue partecipazioni agli sceneggiati TV e ai film di cassetta. E con i soldi di quei lavori che erano uno svago, Chiara aveva fatto l'unico investimento sensato della sua vita: aveva intestato alla figlia minore un piccolo appartamento nel centro di Milano, dove fermarsi a dormire ogni volta che erano previste due giornate fitte di casting. In realtà la mamma ed Emma vivevano ormai più a Milano e a Roma che a Torino; avevano creato una microfamiglia a parte, alquanto scombinata ma più spensierata di quella che risiedeva oppressa a Casa Azzurra. Quante sere si erano fermate a mangiare al pensionato dei genitori di Claudio, quante volte erano state accolte come vere stelle del cinema! Ricordare le allegre tavolate dai suoceri Greggio rasserenava Benedetta più di un ciclo di sedute di psicoanalisi: Chiara teneva banco e mangiava di gusto (stava iniziando a ingrassare e pareva non curarsene), di volta in volta conquistava un nuovo fan con il suo carattere estroverso, con la sua voglia di un pubblico gentile da cui sperare l'applauso. Con Emma accanto, si sentiva ancora – se non proprio una forza della natura – almeno una sua componente accettabile. La fotogenia dell'ultimogenita Amendola era caduta come il cacio sui maccheroni sulle speranze di rinascita e di rinnovamento di Chiara. Un musetto arguto con il nasino all'insù, capelli biondi e lisci, occhi ridenti e azzurri, un protagonismo nutrito dai vizi avevano fatto di lei una specie di bambina prodigio senza i difetti propri del ruolo. Davvero, forse c'era qualcosa di miracoloso nella sua nascita, in quella vita a cui la mamma si era aggrappata per prolungare la giovinezza perduta. Ma i miracoli dell'immagine durano lo spazio di un mattino e verso i dodici anni Emma era troppo grande per fare la piccola e troppo piccola per fare la grande.

Di memorabile, in quel tourbillon di apparizioni, rimaneva solo la sentenza che era stata proferita ai Bagni Sisto, in un afoso pomeriggio di agosto. Due attempate signore bon ton, di quelle che avevano diritto non solo alla prima fila ma ai posti centrali, si erano scambiate uno squisito parere sui bambini imprestati alla pubblicità.

«Ma hai visto l'Amendola junior in quell'orribile cartellone colorato?»

«Dio, e con tutto il sederino di fuori! Che volgarità!»

«Sì... inguardabile! E poi sarà mica bella quella bambina petulante?!...»

«Che Chiara Benatti sia rimasta quello che è, cioè Chiara Benatti, non è un mistero, ma perché Edoardo abbia dato il suo consenso, io non riesco a spiegarmelo...»

«Tesoro, te lo spiego io perché. Da quando sta con la Steinbeck, il nostro Edoardo ha ben altro nella testa...»

«E nel letto!»

«Però bisogna ammettere che quella Caroline ha una classe, un portamento...»

«Insomma... Fa più colpo vista da lontano, con i riflettori del palcoscenico, mentre suona l'arpa... Però mi riferiscono che lui sia pazzo di lei, che la segua ovunque, in giro per l'Italia e per il mondo.»

«E a me hanno detto che si sta mangiando mezzo patrimonio per esaudire ogni suo desiderio.»

«Be', quando un uomo è tanto più vecchio deve pur sdebitarsi...»

«Allora meglio che paghi per una donna di classe.»

«...E non per una bifolca qualsiasi.»

«Che tra l'altro sta iniziando a perdere colpi. Hai visto come si è sciupata, la Benatti?»

L'arpia numero uno si era girata per indicare Chiara e aveva inforcato gli occhiali per mettere a fuoco il bersaglio.

«E quanto è ingrassata?» aveva rincarato l'arpia numero due dall'alto della sua considerevole taglia cinquanta.

«La classica bellezza dell'asino.»

«Vedi che c'è una giustizia, e alla fine si ristabiliscono gli equilibri?»

«Cioè?»

«Edoardo si è messo finalmente con una donna del suo stesso ambiente.»

«...Se chiami equilibrio scegliersi un'amante trentenne a sessant'anni suonati.»

«Non hai tutti i torti.»

«E sopportare che la propria moglie si accompagni a un hippie con la coda di cavallo...»

«Robe da matti! Hai visto anche tu quel ragazzotto con cui faceva la cretina sul bagnasciuga?»

«Una famiglia alla deriva, ecco cosa sono... Non mi stupirei se prima o poi vendessero Villa Olimpia.»

«Però la piccola è pur sempre figlia di Edoardo...»

«Io aggiungerei un forse.»

«In effetti, con tutto quello che ha combinato sua madre non c'è da metterci la mano sul fuoco... ma comunque porta il suo cognome, è un'Amendola, santo cielo!»

«E la pubblicità è una cosa tremendamente plebea!»

«Da figli di poveri...»

«Tesoro, se nasci da una *grimpeuse* non hai scampo.»

«Milly si rivolterà nella tomba...»

«Oddio cara, diciamoci la verità, una volta per tutte. Milly era una Scalzi Toesca, ma come carogna non stava dietro a nessuno.»

Così, oltre alla nipote, al figlio e alla nuora, era stata sistemata pure la nonna.

Con i cattivi non c'è salvezza, né da belli né da brutti, né da nobili né da proletari, né da vivi né da morti.

Amen, mamma?

SEI

Senza un erede maschio carismatico, i beni Amendola si erano rivelati per quello che erano: effimere entità deperibili, inadatte a contrastare il naturale declino di ogni esistenza senza amore. Perché solo l'energia fa vivere le persone e le cose, che lasciate a sé stesse muoiono di tristezza e di incuria.

Alla morte di papà, e dopo le rapine sistematiche di Caroline Steinbeck, del favoloso patrimonio Amendola rimanevano soltanto Villa Olimpia, Casa Azzurra e una serie di piccoli appartamenti occupati nel quartiere popolare di Santa Rita.

La liquidità che a una famiglia normale sarebbe bastata per decenni, con la gestione scellerata di Chiara era quasi svanita in quattro anni. Finanziare la casa editrice Venti dello Spirito e lo spettacolo teatrale *Inquieti e perturbati* (due flop memorabili) aveva prosciugato le casse e il cervello della mamma. E mantenere due ville enormi, con annesso parco e servitù, si era rivelata una voragine di spese da far tremare i polsi.

La prima ad andarsene, svenduta malamente e con gioia, era stata Villa Olimpia ad Alassio, il regno incontrastato della perfidia di Milly. L'emblema degli orpelli e dei fregi stile Amendola era stato trasformato in un plebeo complesso di residence da affittare settimanalmente. Poi era stata la volta dei miniappartamenti, liquidati a un terzo del loro valore effettivo agli occupanti. Dallo scempio generale si era salvato un bilocale abitato da una vecchietta indigente che Chiara non aveva avuto cuore di sbattere fuori perché le faceva pena.

Nel frattempo, mentre Emma continuava a vivere come una principessa nel raffinato contesto neoliberty di Casa Azzurra, mentre Sofia si stava laureando con il massimo dei voti in Lingue, culture e società dell'Asia orientale a Ca' Foscari ed eleggeva Venezia a patria del suo esilio volontario, Benedetta, Claudio e Camilla traslocavano da una pittoresca stamberga dell'hinterland milanese all'altra, seguendo i cambi di supplenza e i ritmi lenti delle loro entrate. Finché era arrivato un segno del destino: Chiara confessava di non poterne più di Casa Azzurra, e Claudio vinceva una cattedra proprio a Torino. Infine, Benedetta si era scoperta di nuovo incinta. E in una classica telefonata fiume a spese di sua madre, che se ne infischiava delle bollette, era stato deciso il suo destino.

«Ma ragazzi, venite voi a vivere qui! Emma al liceo classico non si trova bene. Tanto vale iscriverla alla scuola interpreti di Milano. Che stupida, perché non ci ho pensato prima? Ci trasferiamo nell'appartamentino di corso Magenta e lasciamo il campo libero a voi...»

La voce di Chiara trillava dalla cornetta del telefono, entusiasta dell'idea appena suggerita. Ogni ipotetico cambiamento la galvanizzava, e dava un po' di ossigeno alla sua esistenza asfittica.

«Mamma, come ci stai tu in cinquanta metri quadri? Li intasi soltanto con le tue scarpe.»

«Sì, d'accordo, ci stringeremo un poco, ma sarà divertente, ci sembrerà di tornare ai vecchi tempi dei provini e della pubblicità...»

«Allora ci stavate di passaggio, non in pianta stabile.»

«Sarò sempre fuori casa! Ci sono una marea di corsi

che voglio frequentare, dall'I Ching alle tecniche reiki. E poi partirò per l'India, per un viaggio di almeno sei mesi.»

«Brava. Però non credi di correre troppo? E come la manteniamo Casa Azzurra? È un maniero.»

«Adesso faccio i tarocchi. Aspetta un attimo...»

«Mamma, siamo al telefono e spendi un capitale... I tarocchi li farai un'altra volta...»

«Mai rimandare le cose importanti!»

«Ti prego, ragiona. Claudio ha uno stipendio da professore, io mi arrabatto con le supplenze... e tra poco non potrò più fare nemmeno quelle, dato che i figli saranno due. Casa Azzurra non è alla nostra portata.»

«Sono venute delle carte splendide!»

Ti pareva.

«Intanto per le pulizie non c'è problema: ho pagato a Paco lo stipendio di un anno in anticipo.»

«Cosa? Sei ammattita? Credi che i soldi si riproducano con la fotocopiatrice?»

«Poverino, doveva comperare non so quali macchinari per la tintoria del figlio... E comunque come costo fisso è rimasto solo lui e la sua famiglia. In pratica, sto risparmiando.» Chiara si era messa a ridere. Era sempre stata piuttosto spiritosa.

«Bollette del telefono a parte...»

«Poi ho avuto un'idea geniale, si vede che me lo sentivo che doveva succedere qualcosa di straordinario: gli ho promesso di poter abitare la casetta nel parco.»

«Pure!»

«È un affare, credimi. Siccome risparmierà sull'affitto ti farà da giardiniere gratis, e la moglie da baby-sitter per Camilla e per... come lo chiamiamo, il pupino?»

«Matteo.»

«Mi piace, ma per saperne di più devo andare a vedere sul *Libro dei nomi.* Però devi dirmi con precisione l'ora e il giorno del concepimento. Credimi, è importante quanto la data di nascita.»

«Come no.»

«Domani ti ritelefono per aggiornarti. Comunque dovrebbe nascere sotto il segno del Sagittario, che per un maschio va meglio che per una femmina.»

«Perfetto. Ma prima di consultare i tuoi oracoli, mi spieghi chi lo paga il riscaldamento di ottocento metri quadri?»

«Quello lo offro io per festeggiare la nascita di Matteo, che più ci penso più è un'ottima scelta come nome. Il Vangelo secondo Matteo è il mio preferito.»

«Claudio non permetterà che tu paghi il riscaldamento.»

«Perché? È un semplice atto di giustizia. In fondo sborso fior di quattrini per il liceo privato di Emma e per i suoi svaghi... e farei lo stesso per l'università di Sofia se lei me lo permettesse, se non avesse deciso di arrangiarsi sempre da sola.» La voce di Chiara si era incrinata, al pensiero di quella figlia che non l'amava affatto.

«Ha vinto una borsa di studio a Ca' Foscari perché è brava... e come tante ragazze della sua età adora essere indipendente.»

«Come sei buona Benedetta. Non so come ho fatto, però mi sei riuscita da dio!»

«Mamma!»

«E tua sorella è un mezzo genio, sono tanto orgogliosa di lei.»

«...E poi Emma è un capolavoro ambulante. Se non ci hai guastate tu, non ci guasta più nessuno.»

«...Modestamente.»

«A proposito, come sta il nostro adorato leprotto? Sempre più bello?»

«Eccome, è sempre più incantevole! Ma non cambiare discorso. Oggi mi voglio occupare solamente di te.»

«Devo iniziare a preoccuparmi?»

«Ascoltami, Casa Azzurra è la soluzione ideale, ed è tutto pagato per dodici mesi. Offre la ditta Benatti. Poi si vedrà, qualche santo provvederà...»

«Qualche santo provvederà?»

E qualche santo aveva provveduto. Forse dal cielo nonno Riccardo aveva deciso che qualcosa del patrimonio Amendola si dovesse preservare, e che quella nipote mansueta fosse il timoniere ideale per la raffazzonata scialuppa di salvataggio.

Così, senza nemmeno rendersene conto, Benedetta si era ritrovata sul gobbo l'ingombrante cimelio di famiglia, la scomoda testimonianza degli agi di un passato che non sarebbe tornato, la gravosa responsabilità di conservare almeno un pezzo di eredità per sé e per le sue sorelle. Che non avevano mai chiesto nulla, soprattutto Sofia, soprattutto adesso.

Che buffo: in fondo lei e Claudio, nei sondaggi prediletti dai giornali allarmisti, appartenevano alla categoria dei nuovi poveri. Entrambi insegnanti, con la somma dei loro stipendi, comprese le ripetizioni private, raggiungevano in un mese la cifra che papà si sarebbe speso in due notti di follie. Eppure in quella villa da ricchi avevano finito col risiederci loro, per nulla attratti dai beni materiali.

Ma la cosa ancora più buffa era che l'idea di trasformare in bed & breakfast Casa Azzurra era partita dai suoceri Greggio. Che, stanchi di tenere la pensione a Milano, si erano offerti di trasportare nella nuova dimora del figlio tutte le attrezzature della cucina, i tavoli della sala da pranzo, i letti delle camere. Soprattutto, si erano offerti di dare una mano nei primi mesi di gestione. E, come sempre, lo avevano fatto con entusiasmo e generosità. Insomma, in soccorso dei superbi Amendola erano arrivati i paria salvifici Greggio, quella «famiglia di portinai» che Edoardo si era rifiutato persino di conoscere.

I primi anni erano stati galvanizzanti. Con i figli ancora piccoli, i suoceri ancora giovani, Paco e i suoi parenti a disposizione, Emma che andava e veniva adorata dai nipoti, la mamma che partiva entusiasta e ritornava con la coda tra le gambe, Benedetta si era sentita utile, importante, il capobanda, il centro del suo mondo d'amore, una fucina di creatività.

A Casa Azzurra si organizzavano feste a tema per bambini e pranzi esotici per adulti (la moglie di Paco si era rivelata una cuoca eccellente); a Casa Azzurra si imbandivano merende nel parco e cene a lume di candela; a Casa Azzurra – ritornata in grande spolvero – soggiornavano clienti scelti ed ex colleghi che non potevano credere ai loro occhi. Perché i due professori Greggio erano un raro caso di individui passati dalle stalle alle stelle, dalle stamberghe dell'hinterland milanese alle ville liberty in zona Crimea con vista sul Po. Claudio osservava compiaciuto i giochi di prestigio di sua moglie, ma con un sorriso dolce le ricordava sempre che di tutto questo avrebbero potuto fare a meno.

Infatti. Pian piano, lentamente, tutto aveva iniziato ad andare a rotoli, e non solo sul tetto. La mamma era morta in quel modo straziante e Sofia si era sentita la principale colpevole: non sarebbe tornata mai più. E il leprotto Emma si era dato alla macchia, con la scusa degli impegni e dei contratti capestro nel fagocitante mondo della TV.

Adesso la situazione era la seguente: gestire le esigenze di due figli adolescenti risultava più complicato che sollazzare un'orda di bambini scalmanati; zigzagare tra gli impegni da professoressa e quelli da albergatrice part-time, un surmenage sfiancante; stare al passo con internet e le sue offerte a prezzi stracciati, un lavoro frustrante e poco remunerativo.

Lo specchio con la cornice dorata e tarlata rimandava a Benedetta l'immagine di una signora che dimostrava i suoi quarantatré anni senza il minimo sconto. Il suo viso dai lineamenti delicati, regalo di mamma, era provato, per non dire sciupato: le piccole borse sotto gli occhi si erano trasformate in solchi di stanchezza. I chili di troppo erano almeno cinque, e i capelli viravano al grigiastro: tra i fili bianchi e il biondo stinto si era stabilito un patto scellerato, che la faceva somigliare a una strega sciatta, priva di personalità.

Nel salottino accanto, il televisore continuava a macinare servizi di attualità: una voce stridula informava che le cinquantenni di oggi – 2008 – sono delle eterne ragazze, basti pensare a Madonna, un miracolo programmatico a partire dal nome. Peccato che accanto a lei non ci fosse Chiara, che con il significato dei nomi ci andava a nozze.

Altro che i prodigi di Madonna: semmai bisognava preoccuparsi delle cosiddette circostanze favorevoli. Perché era vero che Torino aveva vinto la sua scommessa e che a furia di restauri e migliorie era diventata una città attraente per i turisti: ma era anche vero che Benedetta stava diventando sempre meno attraente, sfinita da prenotazioni telematiche e pacchetti convenienza; da conti che non tornavano mai e che difficilmente avrebbero coperto le spese del rifacimento del tetto. Perché era vero che la sonnolenta città sabauda si era riciclata in luogo ameno e vivace dove passare un week-end cultural-gastronomico, scorrazzando tra musei, negozi e mercatini: ma era altrettanto vero che a questo punto era lei a sentirsi un reperto archeologico. E poiché si era ridotta a una chiavica, come avrebbe ironizzato Sofia, e il «mal comune mezzo gaudio» spesso funziona, stava riscuotendo un consenso preoccupante presso i suoi clienti, uno sciame di individui rassegnati che si integravano in quel bed & breakfast dal sapore antico (sarebbe stato più corretto affermare che stava perdendo i pezzi).

Casa Azzurra era diventata la sede ideale per pensionati relativamente pimpanti e per dipendenti logorati, per coppiette fané e per zitelle prive di qualunque appeal. L'aspetto retrò (o meglio, fatiscente) rassicurava gli animi sopraffatti dagli eventi e faceva sentire speciali le persone comuni, abituate agli anonimi condomini delle vie periferiche...

Ma che ora aveva fatto, in compagnia dei fantasmi? Accidenti, mancavano venti minuti alle diciotto: tra poco sarebbe arrivato Claudio e non voleva farsi trovare abbacchiata, soprattutto non voleva gravarlo di ulteriori fardelli.

Basta lamentele, era giunto il momento di rientrare nei ranghi. Doveva serrare le file della famiglia, placare gli spiriti ribelli, sedare le ansie, dimenticare le proprie istanze per ascoltare pazientemente le rogne altrui. Quindi bisognava farsi forza, alzarsi dalla poltrona, spegnere il televisore, portare fuori Randi IV a fare la pipì, e inviare l'SMS che sapeva di dover inviare.

EMMA

UNO

L'uomo in giacca e cravatta, azzimato se inquadrato da lontano ma viscido e untuoso se messo bene a fuoco, stava snocciolando un compendio di banalità allucinanti: a occhio e croce, un ciarlatano che campava di espedienti da una vita. I tratti somatici parlavano chiaro, a conferma del sospetto: passati i quaranta, la fisiognomica diventa una scienza esatta, l'unica bussola di riferimento per decifrare adulti allo sbando. Il volto del sedicente esperto trasudava abbattimento da ogni poro, e una flaccidità esausta, tendente al crollo verticale, faceva a pugni con la supposta autorevolezza. Grossi baffi scuri e tinti cercavano di nascondere sotto la bocca sottile alcune rughe profonde. «Disperazione espansa» era il sottotitolo giusto per una faccia così depressa, per quegli occhi torvi che denunciavano un pessimismo prosperato nei fallimenti.

«Ciò che insegno nei miei seminari e nei miei corsi di autostima... che, ci tengo a precisare, stanno per partire al centro Abilità nell'esistenza in questo autunno 2008, in via...»

«Dottor Vitanza, la prego, sia sintetico...»

«Allora, ciò che insegno è questo: dobbiamo far risalire ogni esperienza significativa alla nostra famiglia di origine.»

«Interessante...»

«Infatti, come ho scritto nel mio saggio *Non solo figli*, che il dottor Bruno Pittaluga mi ha fatto l'onore di recensire la settimana scorsa sul "Gazzettino del Sud", possiamo chiaramente capire il carattere e i problemi di una persona da ciò che io chiamo "posizione di nascita". Che è assai più attendibile della posizione astrale.»

«Posizione di nascita? Ci può spiegare, brevemente, che cos'è?» Titti Scarlatti, la conduttrice raccomandata da Alleanza Nazionale, era stata distratta per un nanosecondo da una ciocca di capelli che rischiava di far ombra sul volto gonfio di acido ialuronico. Ma non per questo dimenticava la sua missione, resa ardua dalla logorrea dell'ospite: arrivare al bandolo della matassa in tempi strettissimi, come sempre in TV. «Sia conciso, dottor Vitanza, non me lo faccia ripetere ancora, la prego.»

L'ospite redarguito stava seduto sulla punta della poltrona, in una posizione che doveva essere parecchio scomoda, con la postura di chi ha appena ingoiato un manico di scopa. Aveva la fronte imperlata di sudore: autocensurarsi, limitare il suo momento di gloria, doveva essere uno sforzo al di sopra delle sue possibilità.

«Certo, certo... È un identikit familiare semplicissimo: il primo figlio (o figlia) è affidabile, ordinato e conformista, a volte persino bacchettone; il secondo è rivoluzionario e immaginifico, un boss in pectore; il terzo è un freelance a trecentosessanta gradi, un po' sconclusionato, precario negli affetti e nella professione...»

Ecco perché troppi cialtroni riescono a sbarcare il lunario, o addirittura a passare per guru illuminati. Perché talvolta, per gli effetti del caso tanto amato da Chiara, ci azzeccano. La diagnosi rimane un miraggio nel deserto, ma l'ansia si placa quando la colpa è imputabile a cause esterne.

Con un flash involontario il *counsellor* Mimmo Vitanza aveva fatto il ritratto delle tre sorelle Amendola: dove lei, Emma, risultava la più scombinata, un quadro surreale in cui sentimenti e doveri, lavori e ambizioni si mescolavano in maniera confusa. Naturalmente mancavano alcuni dettagli: per esempio che Sofia aveva sperimentato il suo spirito dinamitardo in casa propria, piazzando una serie di mine che avevano sconquassato tutti, e dilaniato sua madre. E poi che Benedetta, più che conformista, era una creatura eccezionale, l'unica capace di mettere un po' di ordine, se non di pace, in quel guazzabuglio di istanze contorte che è qualunque famiglia. La primogenita era stata la sola davvero coraggiosa: trasformando Casa Azzurra in un bed & breakfast, e sobbarcandosi tutti i sacrifici che la situazione richiedeva, si era ribellata alla dittatura del tempo, cercando di opporsi alla dissipazione definitiva del patrimonio Amendola. Perché la villa era rimasta intestata a loro tre, e non c'era stato verso di fare cambiare idea ai filantropici coniugi Greggio.

Infine che lei, il soave leprotto, più che precaria negli affetti, era una libertina dilettante, e a fasi ondivaghe. Un'attrice (eredità materna?) capace di recitare un'unica parte, quella della bella bambina dalle trecce bionde da vezzeggiare. Perché solo chi ti vuole portare a letto è disposto a raccontarti tante bugie, e lei era stata troppo abituata all'amore di Chiara per saper vivere senza adulazione.

La sera prima aveva aggiunto alla sua lista un altro amante. In che modo definirli? Secondo Sofia, un ovvio turnover di uomini deludenti e ridicoli, adatti a un pamphlet satirico; secondo Benedetta, una sfilza di errori evitabili e auspicabilmente non ripetibili; secondo lei, un gruppetto di compagni di giochi con cui seguitare a credere di essere la principessa preferita, proprio come la faceva sentire la mamma.

Amichetti più o meno simpatici, più o meno affettuosi, con cui inventare storie per sconfiggere la paura, e ingannarsi ancora riguardo a una giovinezza che di rado si vuole lasciare andare via. Lupi più o meno cattivi con cui inscenare la favola della bambina carina e originale, che preferisce andare in giro con tipacci poco raccomandabili.

«Emma, puoi venire in redazione? C'è un'emergenza. Con il crollo delle borse qui non si capisce più niente...» Marcello, uno degli autori principali del programma, l'aveva raggiunta in studio trafelato.

«Che novità... Qui non si capisce più niente da sempre.»

«Mi sa che salta un servizio, e quindi dobbiamo rifare i lanci per la Scarlatti...»

«*What a nightmare!*»

«Che?»

«Un incubo: chissà cosa riuscirà a dire...»

«Non oso nemmeno immaginarlo...» Marcello aveva sorriso divertito e per un attimo era tornato a essere il ragazzo intelligente e ironico che Emma conosceva, quello che da regista teatrale underground si era riciclato in autore televisivo per sbarcare il lunario. Un uomo di spessore, come si suol dire, che era rimasto invischiato negli ingaggi polposi e nel luccichio dei lustrini.

«Io sì: un sistema per rompersi un po' meno le scatole.»

«Dai, Emmi, non c'è tempo per scherzare, è un delirio, e al montaggio non c'è nessuno.»

«È il bello della diretta, darling!»

«Altro che bello della diretta, sono quasi le diciotto, dobbiamo rifare tutto e non abbiamo margine per organizzare la scaletta di domani.»

«Possiamo sempre fare notte fonda... mica è una novità.»

«Mi rifiuto: se arrivo un'altra volta alle due mia moglie mi sbatte fuori casa.»

«Figurati: trovare un marito oggigiorno è un miraggio... E tu sei un miraggio coi controfiocchi!»

«Possibile che non riesci a prendere mai niente sul serio?»

«Se avessi preso sul serio certe cose, mi sarei sparata.»

«Non capisci che siamo nella merda?»

«Ma no! Siamo al solito punto di non ritorno: una conduttrice cagna che di fronte agli imprevisti si mette ad abbaiare.»

«Guarda, punto di non ritorno o no, vedi di andare al montaggio e di risolvere qualcosa...»

DUE

A proposito di punto di non ritorno.

C'è un punto di non ritorno per ogni donna, soprattutto per ogni donna che sia stata molto bella. Quando smette di credere nel proprio potere di seduzione e si riduce a mendicare le frottole di qualche baby fidanzato o di qualche spasimante rapinoso. Oppure, quando decide di sorbirsi a pagamento le pozioni o le fandonie di qualche sedicente Maga Magò.

Il giorno in cui era arrivata da Londra la grossa busta che la mamma aspettava con trepidazione, era un giorno particolare per Emma: il suo agente da Milano l'aveva appena chiamata per comunicarle che aveva fallito l'ennesimo provino della pubblicità. Nessuno lo diceva apertamente, ma ormai l'aveva capito: la scartavano perché era inflazionata, e piuttosto attempata per il ruolo della bambina tutta trine e moine. Se c'è una cosa che si impara subito nello show business, è che non è mai troppo presto per sentirsi vecchie.

Ma da brava incosciente volubile, Emma era eccitata all'idea di cambiare giro. Era stufa di reclamizzare merendine e caramelle, stufa delle lunghe code ai casting, stufa di viaggi in treno e in aereo, stufa di essere sballottata di set in set, di location in location. Quello che la preoccupava, anche se a livello inconscio, era ben altro: il suo declino di ministar stava coincidendo con la frana degli ultimi argini emotivi della mamma. Nell'inverno precedente all'indegna morte di papà, con Benedetta sposata, Sofia emigrata a Venezia, e lei, Emma, mestruata e detronizzata dall'infanzia, a Chiara non era rimasto che farsi consolare da Julianne Green, una signora specializzata in «analisi psicologica degli oroscopi». La migliore amica della mamma a tariffa fissa, una venditrice di fumo professionale che ogni quindici giorni intasava la cassetta della posta con le sue premonizioni sibilline: usando il computer, in largo anticipo sui tempi, per stabilire la posizione dei pianeti e delle case, trasformava il presente fallimentare di Chiara in un futuro roseo e sexy. Ciò che era affermato in quel dattiloscritto con la copertina azzurra piena di stelle era diventato il centro scentrato di un mondo interiore assurdo, ma in qualche modo suggestivo.

IL GUSTO DEL DRAMMATICO ASSOCIATO A UN'EMOTIVITÀ ECCEZIONALE

I DONI DELL'IMMAGINAZIONE E LA PERCEZIONE DELLE POSSIBILITÀ FUTURE, ASSOCIATI IN LEI ALLA SENSIBILITÀ E ALL'EMPATIA, HANNO COME RISULTATO UNA COMPRENSIONE RARA E PROFONDA.

LEI POSSIEDE UN IMMAGINARIO E UN SENSO DEL ROMANTICO SVILUPPATI, E TENDE AD ARRICCHIRE CON LA FANTASIA LA QUOTIDIANITÀ. LEI DOVREBBE LAVORARE IN CAMPO ARTISTICO, E POTREBBE ESSERE UN'ATTRICE MOLTO DOTATA O MUOVERSI BENE IN AMBITO EDITORIALE.

ESISTE QUALCOSA DI SFUGGENTE E DI ULTRATERRENO IN LEI, E ANCHE SE LA SUA RISPOSTA AGLI ALTRI È SEMPRE AFFETTUOSA, POTREBBE VIVERE COME CASTRANTE L'IMPEGNO FAMILIARE. INFATTI LEI TEME DI RIMANERE INTRAPPOLATA IN UN GRIGIORE CHE POTREBBE SOFFOCARE IL SUO TALENTO, PER-

CHÉ TENDE A CONSIDERARSI COME IL PERSONAGGIO PRINCIPALE DI UN ROMANZO O DI UNA STORIA FANTASTICA...

Che danni possono fare le parole, e non solo quelle di Sofia. Chissà a quante donne normali, normalissime, straordinarie solo nell'infelicità, Julianne aveva mandato quel testo. E chissà se la mamma aveva deciso di finanziare la casa editrice Venti dello Spirito e l'agghiacciante commedia *Inquieti e perturbati* dopo la lettura di quei consigli farneticanti.

Povera Chiara, era convinta che la sua adorata figlia minore fosse l'unica di famiglia a credere nelle profezie e nei calcoli di Bakul, e lei glielo aveva lasciato credere. In fondo crediamo a tante di quelle puttanate, compresi i lanci di Titti Scarlatti, che una più o una meno... Ma il punto era che tra letture di tarocchi spagnoli e vaticini di scombiccherate indovine, tra sedute di terapeuti dell'anima andata a finire in un tombino, tra amanti straordinari nella capacità di farsi rilasciare assegni e amiche ciarlatane attratte dal suo portafogli, il «dono» di Chiara, quello che raccomandava alle figlie di seguire, si era disperso chissà dove.

Perché la mamma era semplicemente una donna buona. La sua forza era quella: non la straordinaria bellezza, né la velleitaria inclinazione artistica.

Sua madre aveva sempre creduto nell'amore, e chi crede sempre sbaglia spesso. L'errore commesso non era stato di aver barattato una possibile carriera di attrice con un ambiguo posizionamento sociale. L'offesa l'aveva recata al suo cuore, non al suo talento: aveva tradito la mitezza del suo spirito. E infatti le pagine che aveva scritto negli ultimi giorni della sua vita erano struggenti: in tutto quel ciarpame esoterico, di essenziale rimaneva soltanto il testamento di Gaia, che altro non era se non l'inconscio di Chiara.

Il suono inconfondibile dell'arrivo di un SMS.

Chi la stava pensando? Alberto, Franz, Gianni o Marco, l'ultimo arrivato? In tempi passati avrebbe scommesso su Marco, perché la manfrina del giorno dopo doveva prevedere un minimo di convenevoli. Ma da un paio d'anni aveva imparato a contare esclusivamente sulla propria energia, per usare un'espressione cara a Gaia. Oppure sul suo «intuito primario», per usare un'espressione cara a Mimmo Vitanza. Lei era stata drogata di vizi, e da una simile droga ci si disintossica di rado.

Però, a rifletterci, non è indispensabile lo sballo da sostanze stupefacenti per sentirsi unici. Basta entrare in una parte scelta, intensa, recitare in una pièce che strappa l'applauso, o almeno il sorriso. Proprio come aveva fatto Chiara all'inizio e poi ogni volta, con i suoi doni e i suoi diari straordinari, con quella predilezione per un'astrologia che prevedeva solo eventualità splendide. Poi, chissà come e quando e perché, ogni cosa era andata in frantumi, e ben prima della morte di papà, ben prima del successo di Sofia.

Per quale masochistico motivo ci insegnano a mistificare le cose? Come aveva scritto Chiara in quelle pagine sospese ma piene di saggezza: «Quello che è rimane sempre e solo quello che può essere». Della serie: se un uomo ti dà buca dopo averti portato a letto, ciccia.

Però le persone sorprendono comunque, in positivo e in negativo: e questo sarebbe un punto di vista quasi ottimistico da cui partire. «A pensar male non si sbaglia mai» dovrebbe essere corretto in «A presupporre si sbaglia sempre».

Chissà chi le aveva mandato il messaggio.

Oggi è il sette. Di magico c'è solo che ti ho pensato e che mi manchi. Hai voglia di passare qualche giorno a Casa Azzurra? Fammi sapere. Baci Ben

Altro che Marco. A fare i conti con chi accudisce per vocazione e si sobbarca delle rotture per bontà d'animo, si sbaglia sempre. Gli egoisti non prevedono le mosse degli altruisti, gli individualisti non immaginano lo scenario di chi si tiene un passo indietro per favorire le esigenze altrui. E bisognava proprio essere generose per amare quelle due sorelle minori così egocentriche: Sofia il genio cattivo di casa, ed Emma la regina del capriccio infantile traslocato in età adulta.

"Che tu sia benedetta, sorellona mia. Benedetta di nome e di fatto."

TRE

«Eccomi qui, al montaggio è tutto a posto. E le correzioni ai lanci le sta finendo Simone... Scusate, ma perché questa faccia da funerale?»

Emma era appena rientrata in redazione, dove un capannello di autori e di adattatori testi stava discutendo animatamente.

«C'è un'altra emergenza.»

«Ancora?»

«Sì, oggi Kafka ci fa una pippa.» Di nuovo Marcello la stava rassicurando con il suo sarcasmo, immunizzandola dal delirio adrenalinico da diretta TV.

«Un suggestivo impasto tra cultura alta e bassa... *chapeau.*»

«Per favore, Emma. Siamo alla frutta. Calvi ci ha dato buca.»

«Bene, un cialtrone in meno. Oggi pomeriggio credo di avere fatto il pieno.»

«Complimenti: visto che sei brava a sdrammatizzare, mi dici dove lo troviamo uno psicologo libero in meno di mezz'ora?» intervenne piccato Filippo, un lecchino molesto che stava facendo carriera a furia di sviolinate ai capi e di sgomitate fra i pari ruolo.

«Lo troviamo. Non lo sai che quelli che vengono sempre in TV non vedono un paziente manco col binocolo?

Di lavoro fanno gli ospiti, mica i terapeuti», rispose infastidita Emma.

«No, che non lo troviamo. Nessuno ammette di non avere un tubo da fare...» Ancora una volta Marcello aveva innalzato il livello rasoterra della bega giornaliera a una summa paraesistenziale.

«Messa così... chi può darti torto?»

«Senza il commento di un opinionista la docu-fiction non regge. E siamo nel rush finale, quello con più audience!» aggiunse Filippo con tono grave e aria da grande intenditore.

«Ma va'?» A Emma era scappata una delle sue faccette stupite da attrice della pubblicità. Era evidente che non sopportava Filippo.

«Sei esasperante...»

«Mi faccio perdonare subito. Mettiti calmo. Lo troviamo, un opinionista. Magari non un luminare della scienza, ma uno scrittore sfigato o una giornalista di costume li pinziamo di sicuro. E anche senza gettone di presenza.»

«Non in questi tempi.»

«Senti, posso dire una cosa?»

«Avanti...»

«Ospite o no, commento o no, la docu-fiction non regge comunque.»

«Perché?»

«Fa veramente schifo.»

Aggredire per non essere aggrediti. Mimmo Vitanza avrebbe commentato così il suo atteggiamento? O era più corretto sostenere che la spavalderia aiuta a sopportare le situazioni insensate?

La giornata di Emma era stata piuttosto sconclusionata, in barba a ogni astratto ottimismo. Il suo lavoro di autrice in TV rimaneva un lavoro in TV, effimero, precario e anche ripetitivo, nonostante la patina abbagliante. I suoi ventinove anni oggi pesavano il doppio, perché il passato doloroso era spuntato così, senza chiedere il permesso, in mezzo ai tremila casini di un programma in diretta.

E poi quell'idea vanagloriosa di comporre un puzzle d'uomo esemplare mettendo insieme i pezzi migliori di vari campioni, quell'utopia di una relazione multipla, senza rischio di abbandono (mica ti possono mollare tutti in contemporanea!)... Una vernice ideale per coprire un'esigenza prosaica: Emma aveva bisogno di un serraglio di cacciaballe per blandire al massimo il suo ego di bambina viziata.

Attualmente erano in carica: Alberto, lo sposato, adagiato in una pigra relazione adulterina; Franz, l'indipendente, con il vessillo della sua libertà assoluta da difendere; Gianni, il nevrotico, divorziato e separato non si sa quante volte, in preda al panico davanti alla pianificazione di due giorni da sfangare assieme; Marco, il nuovo acquisto, un acquisto così recente che solo a pensarlo si poteva compromettere l'integrità del pacco sorpresa. Più che una pièce brillante, era un film visto e rivisto.

Per fortuna quell'angelo di Benedetta la stava salvando da un week-end squallido e da una cena raffazzonata tra amiche single finto-ciniche: ragazze esauste dalle aspettative tradite e dalle carriere che non sarebbero mai decollate, goffe equilibriste dei sentimenti e delle professioni. Un'altra tappa al sushi bar Dixi, con quegli arredi anni Settanta color carota, un altro parcheggio difficoltoso e multabile all'angolo del Naviglio maleodorante, no, non li avrebbe potuti reggere...

Se prendo la macchina venerdì sera e mi fermo tre notti c'è problema? Mia stanza libera o Azzurra full of old babbions?

Bastava aspettare un attimo. Benedetta, a differenza dei suoi amanti, rispondeva subito, cioè quando serviva.

Stanza c'è. Invito fatto apposta. Arriva quando vuoi. È tutto pronto.

Sì, Chiara c'era ancora. Sentiva il profumo di mamma nella sollecitudine senza smancerie di Benedetta. In quella costante voglia di dare amore cercando in cambio soltanto amore. In quelle lenzuola croccanti che la aspettavano, ricordandole che lì, in quella stanza e in quella casa, non si sarebbe mai sentita sola. Né perduta. Senza bisogno di recitare nessuna parte brillante per sopportare la triste manfrina di stare al mondo.

SOFIA
UNO

"Non ci siamo. Non ci siamo proprio."

Sofia si fermò irritata e si tirò indietro i capelli, legandoli a coda di cavallo. Poi iniziò a mangiucchiarsi un'escrescenza d'unghia e a tamburellare con le dita sulla tastiera del computer, gesto automatico per esprimere dubbi o scacciarli. Non riusciva ancora a trovare la chiave del nuovo saggio, benché l'argomento fosse ben presente nella sua testa, ma anche, penosamente, nel talamo coniugale.

L'ultimo sesso, quello che non c'è era un'idea ottima, e un probabile asso pigliatutto in termini di vendite. Uno spunto ghiotto per polemiche e dibattiti sui giornali. I matrimoni bianchi si moltiplicavano a ritmo vertiginoso, dividere il materasso solamente per rigeneranti dormite era una scioperata oggettività di molte coppie di lungo corso (ma anche di medio corso...). Ma chi aveva ancora voglia di scrivere la verità?

Sofia Amendola era abbonata ai progetti temerari, ma il successo del suo disgraziato esordio aveva dopato ogni aspettativa: quando un suo libro tardava a svettare in classifica, con numeri inferiori alle centomila copie, subito si paventava il fiasco (o ci si rallegrava per il fiasco), e gli uccelli del malaugurio pronosticavano una crisi di ispirazione. Quanta invidia, e quanta monotonia nel doverla sempre constatare.

Chiara lo aveva previsto: a trentasei anni Sofia si sentiva stremata.

Dove ti incamminerai tra poco, quando avrai visto il panorama desolato che si scorge dopo essere arrivati in cima da soli e troppo in fretta?

Che sforzi dovrai compiere con tutta quella zavorra di riserve mentali e di giudizi impietosi?

E il successo esagerato che stai ottenendo, quanti timori aggiungerà al tuo bagaglio già pesante? Perché avere successo rende schiavi degli altri e delle circostanze...

Le conosceva quasi a memoria, le parole della mamma: aveva inciso nella mente il suo testamento, quello in cui le aveva promesso che si sarebbero perdonate tutto senza bisogno di ribadire nulla. Magari.

Ma era lei, Sofia, che non voleva e che non poteva perdonarsi. Era lei l'errore fatale.

Era lei l'impostora, a partire dal cognome che portava e che non le spettava. Lei che non aveva capito nulla e che aveva creduto di spiegare ogni cosa, brutalmente, sbagliando pedine e mosse, distorcendo fatti e pensieri. Lei che invece di essere riconoscente a quella madre che l'aveva voluta con immenso amore, e a quel padre che comunque l'aveva accolta, mantenuta e sopportata, si era schierata dalla parte dei peggiori. Aveva addirittura arricchito il figlio dell'inqualificabile Giulio Agresti (l'uomo che aveva sedotto e abbandonato Chiara, senza offrirle una sola alternativa) con i copiosi ricavi del suo becero *Diario straordinario.* No, non avrebbe mai chiamato Carlino Agresti fratello, nemmeno sotto tortura. Non poteva nemmeno *pensarlo* come fratello. Le sue sorelle erano Benedetta ed Emma.

Se un dio sadico avesse deciso di ordire una beffa gigantesca, non avrebbe potuto fare meglio: in fondo Sofia aveva seguito alla lettera quello che sua madre le aveva ripetuto fino alla nausea. Chiara aveva sempre raccomandato alle tre figlie di seguire il loro dono, e lei, la più secchiona, si era adeguata sprigionando il dono letale di uno spirito caustico e corrosivo.

«Seguite il vostro dono, bimbe, non trascurate mai il vostro talento. Che sia dipingere o suonare, scrivere o dilettarvi nel giardinaggio, giocare a tennis o a golf, coltivare un vivaio di pretendenti o le rose della serra, non perdete mai di vista ciò che amate fare, e che vi riesce al meglio senza fatica... Capito Emmi?»

«Ma se proprio tu hai fatto l'esatto contrario: perché hai smesso di recitare? Non avevi talento?»

«Sofia!»

«Non ti filava nessuno, eh? E dunque qual era il tuo dono? Non dirmi sposare papà, perché allora eri messa proprio male.»

«Stasera parlo a Edoardo, e poi vedremo se continuerai a comportarti così.»

«E come gli parli se non torna mai a casa? Chi lo vede? Come dea sei in ribasso ultimamente... E le tue piroette da saltimbanca non funzionano più.»

«Che cos'è una saltimbanca, Sofi?»

«Una che si esibisce con le sue capriole davanti al pubblico, Emmi. Ma se il pubblico non c'è, a che serve farle?»

Chiara era impallidita, e il trucco spesso con cui si impiastricciava il viso ogni santo giorno non era bastato a mascherare il disagio, lo smarrimento, per non dire il panico. Forse sapeva già della relazione tra Edoardo e Caroline Steinbeck, forse era solo consapevole del capolinea a cui era arrivato il suo matrimonio. Fatto sta che un aguzzino meno fanatico avrebbe avuto un pizzico di pietà per quella donna fragile: ma non Sofia, genialoide quanto complessata, una ragazzina che si viveva malissimo in quella famiglia di splendidi. Di anno in anno aveva aggiunto livore, e acredine, e rimostranze, e ribellioni per sentirsi qualcosa di più di una nullità fisica. Detestava il proprio naso a patata, la faccia larga, quei tratti che sembrava aver preso solo lei da chissà quale avo disarmonico. E il proprio corpo, dal giorno del fatidico costume a quadretti, aveva preso a odiarlo e a coprirlo con maglioni extralarge e pantaloni sformati. In pratica, subiva e sottolineava per sfregio la sua condizione di racchia intelligente. No, non c'erano altri aggettivi: perché soltanto il successo rende affascinanti le persone brutte.

Così aveva deciso che sarebbe diventata la migliore, a qualunque costo.

«Sofia, stai diventando intollerabile...»

«Mammina, non ti arrabbiare, andiamo a giocare...» Emma stava tirando la manica della camicetta della mamma per liberarla da quella sorella inopportuna, con la lievità di un carattere incantevole. «Andiamo a prendere Susanna, mami...»

«Sì, tesoro, intanto vai tu: prima devo chiarire una cosa con Sofia... Non ti permetto di parlarmi in questo modo, capito? E quando torna tuo padre faremo i conti.»

«Non vedo l'ora.»

«Oh, almeno se ci fosse qui Benedetta, lei sa placarti, lei è l'unica che tu ascolti, e che risparmi nelle tue requisitorie...»

«Mamma, stai recitando.»

«...Chissà perché ha voluto fare l'università a Milano! Dico, Torino non andava bene? Con tutte le entrature di papà...»

«Cosa vuol dire "entrature"?»

«Emmi, gioia, mia, sei ancora qui? Non dovevi andare a prendere la bambola? Vai, cara, vai...»

«Vuol dire raccomandazioni, leprì. Secondo me è

proprio per evitarsi le "entrature" di papà, che Benedetta ha telato... Si può solo scappare da questa galera camuffata da eden.»

«Basta, mi è venuta un'emicrania tremenda, ho bisogno di respirare un po' d'aria in giardino. Vieni Emma, meno male...»

«Meno male che ci sei tu, leprotto: sei il nostro dono quotidiano. Come possiamo dimenticarlo?»

«Lo sapevo che ho sbagliato mese: novembre è il mese dello Scorpione. Dovevo rimandare il parto, e farti nascere a dicembre. Per fortuna Emma è della Bilancia e Benedetta del Cancro...»

«Lo sapevo che ho sbagliato madre...»

A quel punto, tardivo ma energico, era partito un ceffone. Lei si era girata di scatto, per provocare il disastro, non certo per difendersi: infatti l'anello con gli smeraldi della mamma l'aveva graffiata proprio sotto l'occhio. Un rivolo di sangue era apparso assieme al suo sorriso trionfante.

Erano passati più di vent'anni da quell'episodio, ma Sofia sentiva ancora nella pelle la propria rabbia cieca e sorda, la sofferenza di sua madre, le lacrime di sua sorella. Da lassù, Chiara l'aveva perdonata? Oh, se davvero fosse esistito quel cerchio magico degli amori sospesi, quel cerchio di cui Chiara delirava alla fine del suo percorso in terra: *Spezzerò il cerchio magico degli amori sospesi (quelli che non ho saputo vivere) in un punto preciso, in modo da farlo diventare una linea retta.* Oh, se davvero fosse stato possibile rompere il maleficio!

E le sorelle, l'avevano perdonata? In apparenza sì: i loro rapporti erano sporadici, e soltanto telefonici, ma, viste le circostanze, ottimi. Benedetta, poi, non aveva mai smesso di stupirla: aveva rifiutato la parte di Casa

Azzurra che Sofia si era offerta di intestare ai nipoti. Con ferrea dolcezza aveva ribadito: «Questa è casa tua, Sofia. Tu non devi cedere la tua parte, né a Camilla e Matteo né a me, né a Emma. Sei ancora giovane, e forse avrai dei figli tuoi. Forse un giorno vorrai tornare qui. E qui ci sarà sempre il tuo posto. Questo era il desiderio della mamma, e anche il mio. E, sono sicura, anche quello di Emma».

Altolà. I rimorsi, i rimpianti, la bontà delle sorelle e di Chiara l'avrebbero ammazzata. Possibile che non arrivasse qualche telefonata salvifica, magari una giornalista affannata con le sue domande idiote?

Il suono del cellulare: nessuna segreteria usata come filtro, Sofia si catapultò a rispondere, con incredulo stupore di chi la cercava.

«Parlo con Sofia Amendola?»

«Sofia Amendola Meis...»

Da qualche anno aveva scelto di firmarsi anche con il cognome del marito. Un gesto che pareva una provocazione in controtendenza, ma che nasceva dal suo bisogno di sopravvivenza, di prendere le distanze da qualcosa di usurpato e deflagrato.

«Che fortuna, non ci speravo proprio... Ha per caso due minuti per me?»

«Diciamo per caso. Sì, diciamo per caso.»

DUE

«Mi dica, cosa vuol sapere da me?»

«Ecco... saprà del grande successo di Goffredo Boneschi. Ha appena pubblicato *La famiglia degli errori*... allora io volevo chiederle...»

Naturale che volessero intervistarla riguardo ai suoi pessimi rapporti familiari: erano passati «soltanto» otto anni dalla pubblicazione di *Diario straordinario*. Da poco Sofia aveva compiuto trentasei primavere, ovvio che le domandassero ancora come se la passasse da giovane arrabbiata ed esordiente della narrativa italiana. Quel giorno era un piovoso giovedì di novembre, e a Venezia era prevista acqua alta per tutta la settimana: nemmeno le condizioni climatiche le avrebbero dato tregua. Tanto valeva vendicarsi e tirarla per le lunghe, cercando di dissimulare i suoi patemi.

«Guardi, *La famiglia degli errori* è un vecchio romanzo di Boneschi, mi pare del 2000, più o meno l'anno della pubblicazione di *Diario straordinario*...»

«Ah sì?»

«L'hanno ristampato perché l'ultimo libro di Boneschi, *Ogni scusa è buona per essere infelici*, ha avuto un grosso riscontro. Peraltro meritato. A me è piaciuto molto... a lei?»

«Veramente... non l'ho ancora letto... ma io volevo

chiederle un'altra cosa, se è d'accordo con lo scrittore, il suo collega...»

«Collega? Non mi sembra una parola adatta...»

«L'accostamento la offende?»

«Non dica sciocchezze. Goffredo è un amico. Ma la parola collega la userei per un bancario.»

«Sì, in effetti... però, mi scusi, io volevo chiederle se anche lei la pensa come Goffredo, che i legami di sangue sono una calamità...»

«Boneschi dice questo nel romanzo?»

«Credo di sì...»

«Crede di sì? Io credo di no, ma potrei sbagliarmi... Ho letto *La famiglia degli errori* tanto tempo fa, dovrei riguardarlo più attentamente...»

«Io ho bisogno solo di due battute, in fondo lei è la scrittrice che ha meglio descritto il marcio che si annida in ogni famiglia...»

Sofia si era messa nella sua postazione panoramica preferita, seduta sul bracciolo del divano: quello che vedeva dalle vetrate del soggiorno – i tetti delle case del Ghetto ebraico – la rassicurava. Le ricordava che qualcosa di bello rimane sempre, anche dopo i peggiori patimenti.

«Io sono la meno indicata a parlarne.»

«Come no!»

«Per affermarmi ho calpestato parecchi cadaveri, e tutti di famiglia: di solito non si sentono le ragioni dei persecutori, ma quelle delle vittime.»

«Però lei con il suo libro ha vendicato...»

«Guardi, si risparmi il panegirico. Ero una ragazza troppo ambiziosa e troppo ingarbugliata. Inoltre appartenevo a una famiglia in vista... avevo bisogno di vincere contro tutto e tutti per dimostrare di valere qualcosa, per farmi notare anch'io.»

«Bel concetto, me lo può ripetere?»

«Perché? Ogni vittoria lascia dietro di sé morti e sconfitti, ed è ipocrita negarlo. A rifletterci bene, vincere è una faccenda molto volgare.»

«Questa autocritica le fa onore, ma per tornare alla mia inchiesta...»

«Uno scrittore che amo parla di "imprevedibili curve della vita". La famiglia è un posto come un altro da dove partire per la propria maratona esistenziale. Ma non dovrebbe essere necessario appiccare il fuoco a tutti i componenti...»

«Ecco, sì, perfetto... Ma *Diario straordinario* era una storia decisamente autobiografica, per cui potremmo dire che...»

«Mi scusi, mi sono rimaste solamente due sorelle. Le amo e spero che loro mi sopportino malgrado tutto. Malgrado quello che hanno passato per causa mia.»

«Splendido, perché non ne parliamo?»

«Perché non ne ho voglia: sono fuori target per la vostra "inchiesta".»

Sofia si era alzata dalla postazione privilegiata e si era messa a camminare nervosamente per la stanza, a passi lunghi, formando circoli e figure geometriche. Il piccolo cellulare che teneva all'orecchio le dava una notevole possibilità di movimento. Dopo il successo di *Diario straordinario,* da quando avevano preso a intervistarla cani e porci, sgranchire le gambe per non alzare la voce era diventato un salutare bisogno.

«Lei è in target, eccome se è in target!»

«Non direi: forse avete bisogno di una conduttrice televisiva nipote di nonni divorziati; o di un'attrice fotogenica che vuole promuovere il suo film in uscita raccontando nei minimi particolari la sua infanzia traumatica.»

«Ma no! È proprio l'esperienza di Sofia Amendola

che ci interessa... il suo spessore intellettuale, la sua ironica lucidità.»

«Sì? Allora mi state chiedendo a cosa sto lavorando adesso?»

«In un certo senso...»

«Ho pensato che sarebbe stimolante rompere un tabù: vorrei scrivere un saggio su tutte le donne racchie che sono state chiamate divine – molto ipocritamente – solo in quanto famose. Maria Callas, per esempio. Se non fosse diventata la Callas nessuno si sarebbe mai sognato di trovarla affascinante.»

«Fantastico... però, ne potremmo parlare un'altra volta?»

«Oppure. Si è chiesta perché *L'invisibile eleganza* ha avuto questo incredibile successo?»

«No, però...»

«Glielo spiego io. Perché la protagonista, quella sentenziosa e molesta pasticciera, è una racchia colossale. È scattato l'effetto immedesimazione con la caterva di racchie in circolazione.»

«...Molto spiritosa, come sempre...»

«Se la pasticciera fosse stata una donna bellissima, avrebbe dovuto sopportare le molestie dei clienti marpioni, le ostilità delle signore invidiose, e via dicendo...»

«Non ci avevo pensato... Mi perdoni, ma l'argomento esula... l'inchiesta tenderebbe a dimostrare quanto sia dannoso...»

«Sì, mi ricordo, le interessa qualcosa che sia legato ai rapporti familiari esplosivi...»

«Appunto.»

«Ha visto *Dopo l'incendio* di Pedro Arroz?»

«Veramente... no.»

«Racconta la storia di un'adolescente che appicca il fuoco a una baracca dove si incontra clandestinamente una coppia. La ragazzina fa partire la miccia e l'uomo e la donna muoiono arsi vivi.»

«Terribile...»

«Aspetti: la donna è sua madre, ed è una donna bellissima.»

«...Accidenti.»

«Molti critici cinematografici l'hanno bollata come una storia melodrammatica, poco verosimile, ma non è così. Di inverosimile c'è solo la giovane attrice che interpreta l'adolescente. Troppo carina...»

«Mi scusi, ma ho la sensazione che stiamo andando fuori tema...»

«Niente affatto: non voleva sapere qualcosa sui rapporti familiari infernali?»

«Sì, però...»

«Io ho fatto come la protagonista del film: ho bruciato viva mia madre.» Sofia aveva serrato in un pugno le dita della mano sinistra, come per stritolare un ricordo tremendo. Poi aveva chiuso gli occhi per qualche istante, in cerca di pace nel buio, in un bisogno di oblio assoluto.

«Ma...»

«Il falò si chiamava *Diario straordinario.* Non sempre i genitori hanno colpa di tutto, talvolta gli nasce soltanto un figlio sbagliato.»

«I figli però nascono dopo i genitori, e la psicoanalisi insegna che...»

«Piantiamola con questa mitizzazione della psicoanalisi, che di danni ne ha fatti fin troppi. Io sono stata in terapia per anni e guardi il risultato.»

«Mi sembra un risultato... straordinario, per parafrasare...»

«Lasci perdere. Piuttosto, vuole sapere con che cosa mi sto misurando ora come ora?»

«No, cioè sì...»

«Mi sono resa conto che devo misurarmi col vuoto. L'ho eluso, rinviato, camuffato, ma adesso è lì, mi osserva sornione e non lo posso più ignorare.»

«Ah, molto intrigante...»

«Mi chiedo perché non se ne parli mai sui settimanali come il vostro, del vuoto... perché per una volta non lo mettete in copertina, al posto di una modella?»

«Magari. Sì, la prossima volta...»

«E c'è un'altra cosa che mi sta a cuore, da tanto tempo: lo zen è una faccenda per signore sfiorite?»

«...?»

«Lo chiedo a lei. Mi dica. Secondo lei lo zen è una faccenda per signore sfiorite?»

Nessuno poteva più fermare Sofia: la povera giornalista, di sicuro una precaria sottopagata, era stata travolta da un fiume in piena di sarcasmo e dileggio. Con i sassi contundenti dell'intelligenza portata alle estreme conseguenze.

«Non saprei...»

«Certo che sì: ha mai visto una diciottenne smaniare per trovare l'equilibrio a suon di mantra?»

«No, ma...»

«In questa ricerca dell'armonia interiore contro il caos esterno, noi donne partiamo avvantaggiate, dato che siamo inclini per natura a misurarci con carenze fisiche e morali...»

«L'argomento è molto...»

«"Accattivante"?»

«Accattivante, appunto...»

«A essere onesta, però, la traversata del deserto impaurisce tutti gli esseri umani: hai voglia a ribadire che è una terra ricca di colori e di sfumature, un luogo pieno di oasi sperdute e magiche...»

«...»

«Mia madre adorava la metafora del deserto. L'aveva suggestionata il suo spirito guida.»

«Il suo spirito guida?»

«Sì, si chiamava Gaia. Le interessa anche questo?»

«Molto, però non vorrei perdere il filo del discorso... Sa, l'inchiesta era su altro...» aveva ribattuto stremata la collaboratrice culturale.

Ma ormai Sofia era partita per la tangente. Era palese che alla ragazza interessava solo estorcerle due battute da inserire in un pezzo raffazzonato. E lei si vendicava facendo la gnorri, in una lunga tiritera di estrose variazioni sul tema.

«Me l'ha già detto, che era su altro. Mi segua per un secondo: annullato ogni miraggio, non resta che affidarsi alla forza d'animo, alla propria capacità di reggere una simile traversata.»

«Mi scusi, ma io devo proprio...»

«Preferisce la parola "prova"?»

«...»

«Bene, la prova è questa: bisogna togliere dalla zavorra dell'ego ogni genere di conforto superfluo.»

«È... tutto fantastico, ma forse è meglio se ci risentiamo un'altra volta.»

«Ma non voleva sentire proprio me, e tassativamente oggi?»

«Vado un po' di corsa, dobbiamo chiudere il giornale, propongo il pezzo per il prossimo numero al mio direttore e...»

«Le regalo il titolo: "La via crucis bisex".»

«...»

«Anche Gesù ha cercato di allontanare da sé l'amaro calice: se si ragiona fino in fondo la via crucis è il percorso che si fa prima di arrivare alla morte, passando per la vecchiaia, se si è fortunati.»

«Non... non ci avevo mai pensato.»

«Per forza: siamo una società che rimuove i pensieri negativi, viviamo nel culto del giovanilismo, ma la realtà vince su ogni espediente e vira al succo della questione, ovvero al peggio.»

«Lei è sempre molto tranchant. Ripeto, spiritosissima...»

«Gesù Cristo non era spiritoso: quante volte è caduto e si è rialzato nel suo viaggio verso la croce? Così è la vita degli esseri umani: dopo una crisi ci si rimette in piedi, in un'estenuante altalena di energie tradite o rinnovate.»

«Non sarà troppo pessimista?»

«No, non direi. Più si va avanti con l'età, più la tentazione di non rialzarsi cresce, tanto che se da adulto decidi di non rialzarti più la diagnosi è semplice: suicidio premeditato.»

«Vuole suicidarsi, signora Amendola?»

«Amendola Meis, prego.»

«Certo. Vuole suicidarsi, signora Amendola Meis?»

«No, la voglia di suicidarmi mi è passata dal giorno in cui ho ricevuto lo schiaffo che volevo ricevere. E ora mi scusi, ma ho da fare.»

Chiudere bruscamente la conversazione con quella cretina integrale era un atto dovuto, ma non le arrecò alcun sollievo. Come non le aveva dato soddisfazione irridere l'ignoranza crassa di quella cronista imprestata alle pagine della cultura.

In fondo, poveraccia, in quel saliscendi emotivo di precariato ansiogeno e deprimente doveva esserle scappata ogni voglia di prepararsi e di documentarsi. Sì, erano passati anni luce da quando Sofia si divertiva a schernire la stupidità del prossimo con il suo sarcasmo. Adesso il sostantivo «sarcasmo» rimandava soltanto a un'immagine: l'assassinio di sua madre. E il boia con la scure in mano era lei. Sofia Agresti. La grande impostora.

TRE

«Salutatemi Sofia.»

Quelle due parole le avevano trapanato il cervello e si era svegliata di soprassalto nel cuore della notte, madida di sudore e spossata dalla tachicardia. Nel sogno Chiara si era congedata così, raccomandando a Benedetta ed Emma di darle un addio per interposta persona. Un ultimo pensiero delicato per quella figlia scomoda che l'aveva fatta tanto soffrire. Sempre nel sogno, Sofia si trovava chissà dove, in un luogo esotico indefinibile, un fritto misto di Giappone tecnologico, Messico e nuvole e Africa nera. Una strana segretaria vestita da geisha e una specie di ambasciatore con le stimmate da intellettuale si davano un gran daffare perché lei potesse partire al più presto. Ma ogni sforzo era risultato vano: era stata imbarcata tardi sul primo volo disponibile ed era arrivata tardi all'ultimo appuntamento. Anche nel sogno, Sofia aveva mancato l'incontro più importante della sua vita. L'amore era un treno che lei avrebbe sempre perso, per destino e per vocazione. Nel suo DNA era prevista la realizzazione professionale, con vari abbuoni su articoli di pregio: per esempio, e per il solito discorso che il successo rende attraenti anche gli spaventapasseri, era considerata all'unanimità una donna di fascino e di spessore. Ma in quella pagella dai voti lusinghieri spiccava un penoso zero in amore.

Il lapsus sentimentale l'aveva contraddistinta fin da quando era un embrione in pancia; poi da ragazzina quando aveva iniziato a infatuarsi degli Alessio Bussey e dei vari fidanzati di Chiara e di Benedetta; poi da donna, quando aveva smarrito il sonno – mai il peso – dietro a individui che non la vedevano neanche. Un'odissea dove gli uomini sbagliati erano stati le sue sirene e le sue maghe Circe, e dove, dopo un lungo peregrinare, aveva trovato la sua Penelope in Stefano Meis, amico insostituibile e omosessuale convinto; filosofo genialoide e marito assertore della poesia delle unioni bianche, esenti dalla gabella del sesso e della convivenza coatta. Per quanto, avere qualcuno nel letto in quella notte terribile, quasi quasi...

Ormai il sonno era fuggito per altri lidi, tanto valeva alzarsi e accendere il computer. Forse c'era ad attenderla una delle spassose missive di Stefano.

Da: Benamendola@tin.it
A: Sofimei@gmail.com
Oggetto: Natale 2008, insieme

Cara Sofia, tra poco saranno sette anni che la mamma se ne è andata.

Sai che non ho mai dato molto credito alle sue fissazioni numerologiche ed esoteriche, ma i morti hanno questo vantaggio sui vivi, che vengono presi sul serio anche quando tacciono.

Perché non la smettiamo di stare lontane e non esaudiamo l'ultimo desiderio di Chiara?

Non credi sia arrivato il momento di ricomporre la magica somma ventuno?

Non credi sia arrivato il momento di tornare a casa?

Smettila di colpevolizzarti, Sofia, anche questa è una forma di protagonismo indisponente: se vuoi essere umile, per una vol-

ta prova a fare quello che fanno tutti. Prova a perdonarti, e ricomincia da capo.

Le cose vanno un po' come vogliono andare, e nemmeno un demonio patentato ha il potere di cambiare un destino.

La mamma era malata, era stanca di vivere e ha smesso di farlo. Ma è morta a modo suo, con grazia, con un inchino di saluto che era anche una piccola acrobazia.

È uscita di scena come voleva, il giorno in cui nasceva Gesù: perché non la facciamo rientrare alla stessa maniera?

Il 25 dicembre saremo tutte riunite a Casa Azzurra, a ricordare soltanto quanto era bella, e straordinaria (anche nelle sue mattane...).

Apriremo il suo diario e leggeremo solo le pagine più divertenti, quelle dove racconta che si è drogata di Xanax, oppure la pacchia dell'indigenza.

Davvero, Sofia, ascoltami: ci sono trapassi peggiori. Io l'ho vista, la mamma, quando ha chiuso gli occhi, ed era serena, composta, quasi felice.

Anch'io mi sono straziata a ricordarla da sola, nel misero appartamento abitato per tanti anni da quella vecchina che nessuno aveva avuto l'impudenza di mandare via. Un giorno di ottobre, poi, sono stata malissimo: il tetto perdeva, il soffitto era fradicio e anche il mio cuore sembrava un colabrodo. Ma quel giorno (il 7 ottobre, e dagli col sette!) ho preso finalmente una decisione: avrei ricomposto la nostra trinità. Per una volta la modesta Benedetta prendeva una decisione unilaterale, senza interpellare le sorelle rompiscatole.

Ti vorrei qui, a Natale, assieme a Stefano, che Claudio ammira e legge senza perdersi un suo saggio, una sua riflessione. Assieme a Matteo e Camilla che stanno crescendo e che rischi di non riconoscere. Assieme a Emma che si presenterà senza un «bravo ragazzo», voglio dire un fidanzato fisso (ormai ho perso le speranze).

Ho bisogno di te, Sofia: Casa Azzurra sta andando in pezzi e io non so più come arginare il tracollo. L'aiuto economico che mi hai offerto tante volte e invano, questa volta lo accetto, e ben volentieri. A patto però che tu rientri a far parte della nostra famiglia. A patto che tu venga qui.

Quando sarai stanca dell'acqua alta di Venezia o delle conferenze in giro per l'Oriente; quando ti sarà venuta a noia la parte della grande e vorrai ricordarti di come eri da bambina; quando deciderai di rendere il presente accettabile facendo pace col passato; quando...

Ho bisogno di te Sofia, anche perché spero che tu possa dare una mano a Emmi. Vorrei tanto che il leprotto si rimettesse a scrivere sceneggiature e la smettesse con quel lavoro precario, frastornante e superficiale di autrice televisiva. D'accordo, lei è difficilmente fagocitabile, cresciuta com'è senza mitizzazioni di sorta, sbatacchiata tra un esperimento materno e la prematura sparizione della figura paterna. Ed è anche la meno provinciale di noi tre, passata dallo snobismo degli habitué Sisto alla cafonaggine dei cinematografari, dalle ville con venticinque stanze in collina ai miniappartamenti metropolitani da single. Però è anche vero che chi va con lo zoppo impara a zoppicare, o almeno smette di camminare con la postura corretta (ed Emma ha un linguaggio vivace, fresco, non vorrei che lo perdesse continuando ad assemblare copioni e a imbeccare conduttrici negate). Stai sorridendo? Sì, lo capisco, sono diventata noiosa. Come tutte le mamme normali, eccetto la nostra. Che infatti normale non era.

Ancora un'ultima cosa: Chiara diceva che tu sei la più intelligente di noi tre, Emma la più libera e io la più buona. Non è dipeso da noi, ma dalle circostanze (io sono nata nell'armonia, tu nella passione lacerante, Emma nel casino totale), mentre dipenderà da noi essere capaci di comporre insieme una donna straordinaria.

La stessa che era nostra madre, nel bene e nel male.

Tua Ben

Finito di stampare nel mese di febbraio 2010
presso il Nuovo Istituto Italiano d'Arti Grafiche Bergamo